Jeremiah Eames Rankin

**The Auld Scotch Mither**

And Other Poems

Jeremiah Eames Rankin

**The Auld Scotch Mither**
*And Other Poems*

ISBN/EAN: 9783337408725

Printed in Europe, USA, Canada, Australia, Japan

Cover: Foto ©Andreas Hilbeck / pixelio.de

More available books at **www.hansebooks.com**

THE

# AULD SCOTCH MITHER,

## *AND OTHER POEMS,*

### IN THE DIALECT OF BURNS.

By J. E. RANKIN.

ILLUSTRATED BY HERRICK, AND OTHERS.

BOSTON:

PUBLISHED BY D. LOTHROP & CO.

DOVER, N. H.: G. T. DAY & CO.

1873.

TO

*MY BRITHER SCOTS*

IN THE LAND OF MY BIRTH, AND THE
LAND OF MY FATHERS.

# POSTSCRIPT.

PERHAPS this volume needs a single word of explanation. In addition to his divine faculty of poetic insight and song, it was given to Robert Burns to hear and to speak, in his childhood, the sweetest, simplest, and most pathetic dialect ever used by mortals. This dialect is an element of touching beauty and power in the best of his poems. It is like the dew or song of the lark in the morning; and the use made of it by such writers as George MacDonald, and Dr. Waddell's recent translation into it of the Psalms, show that it is no dead language.

In my father's library, limited in all directions, but especially in this, — for he was a Congregational minister of small means, — few books were so attractive to my early days as the poems of the Ayrshire ploughman. My father, too, used sometimes to read or recite them with all a Scotchman's pride. It was one of his too few literary diversions. And when I came to have poetic bantlings of my own, Yankees though they were, was it strange they sometimes took on the garb of tartan? Nor had I the heart to chide them.

Some of the pieces here published are more properly studies, or imitations, than poems. But I have remembered that so great a master of his art as Burns himself, was indebted to other poets for the suggestion of such productions as even his inimitable "Cotter's Saturday Night," not to speak of "The Holy Fair." Whatever else, however, these poems may want, I hope they will not be regarded as deficient in purity, simplicity, and truthfulness, and that some of them may be found to possess even genuine poetic grace.

My aim in the use of the Scotch dialect has been less to follow its peculiar idioms, which would have made me unintelligible to the mass of English readers, than to secure from it qualities of beauty, for which, I think, it will always remain unequalled. In a period when the tendency is away from the daily home-life, which is the security of the individual and the hope of the nation, I have tried to depict some of its gentle attractions; thankful if I may thus express my gratitude to God for the home-life of my childhood, as well as that of my maturer years; and possibly may awaken kindred emotions in the bosom of others.

WASHINGTON, D. C., November 2, 1872.

# CONTENTS.

# POEMS.

## THE AULD SCOTCH MITHER,

### AND HOW SHE WELCOMED HER MALCOLM.

THERE was great bustle at a Highland inn,
One summer afternoon, without, within ;
For Malcolm Anderson, —- who, years before,
Had left his mother's cottage young and poor,
His fortune in his little sailor's chest,
And in the blessing that his mother blest, —
With wife and children, servants, baggage, all,
Had landed from the mail-coach in the hall.

It was a hamlet 'neath Ben Nevis' head,
That looked up smiling from the valley's bed :
Some dozen houses with the old gray kirk,
A few poor acres, but enriched by work,
By honest Highland toil, by sweat of brow,
Where men and women delved with spade and plow ;

9

Or where, indoors, the guid-wives wove and spun,
And brought up children, as their dames had done.
A brook went tumbling, headlong, boisterous, down,
And ground the oatmeal for the little town;
A bridge the sundered street re-bound in one,
From which you saw the yeasty waters run.
Ben Nevis, with his head wrapped in a cloud,
Like some old grandsire, o'er the landscape bowed:
He saw the village children as they played;
He saw the lover trysting with the maid;
Down on these smoking chimneys, year by year,
He looked and smiled, and blessed their humble
      cheer; ˙
He looked and smiled, like some old idol grim,
As though they offered incense up to him;
He heard the millstones grinding at his foot,
Down o'er the rocks the dashing waters shoot;
And merry to his ears rang up the note
The blacksmith from his ringing anvil smote;
And when the doors were open to the air,
He heard the guid-man in his praise and prayer.
And here, among the heather and the rocks,
The hamlet kept its ill-assorted flocks;
Climbed up his brow a cosset lamb, a goat,
Each step proclaiming with a tinkling note;
And lower down, above the garden's line,
Contented, grazed the grateful, great-eyed kine.

" Ben Nevis, with his head wrapped in a cloud,
Like some old grandsire, o'er the landscape bowed."

Who Malcolm was, of course no mortal knew ;
His name he'd given the landlord, it is true ;
But twenty years had slowly come and gone,
And twenty years had built up bone and brawn,
And care and toil had in his wavy chestnut hair
Woven a thread of silver here and there ;
The little sapling, which, with nimble feet
He'd climbed, now stretched its arms across the
    street :
So now he was a stranger in the very town
Each foot of which his childhood steps had known.
Besides, the landlord was but lately there,
And so received him with a grateful stare :
Native or stranger, he was quite as glad,
And welcomed him to take the best he had :
The rooms were low, the windows very small ;
He and his wife responded to each call.

But Malcolm, with the thought pre-occupied,
From wife and children soon withdrew aside,
And, taking off his dress from head to foot,
Quickly put on a common sailor's suit, —
Pea-jacket, pants, and hat, such as he wore
When he went seaward, twenty years before ;
And then, by by-paths that in youth he'd known,
He sought his mother's cottage-door alone.

The foot-worn way he trod again along
Where he had shouted out his childhood's song,
Where he had whistled many a sailor air
Before he left his good old mother's care.
These are, above, the very chestnut-trees
'Gainst which he used to plant his climbing knees;
And here, midway, still stands the awkward stone
That many a time his heedless foot has thrown;
And now he sits again the old stone stile,
And waits to look the landscape o'er a while.

Before him is the little cottage, where
His tiny feet first learned to climb the stair;
A stone's throw distant from him, that is all.
No dog would answer to the old-time call,
Nor bound as once the intervening wall;
For old Rob Roy, worn out, toothless, and dumb,
Long years ago to his last sleep has come.
There is his window o'er the sloping roof,
The apple tree, with branches spread aloof;
The old stone chimney, awkward, huge, and square,
Still curls with sluggish smoke ascending there.
O, how his heart beneath his bosom smote!
O, how it leaped into his choking throat!
For through the mist that blinds his eager eyes
His mother at the window he espies;

" And now he sits again the old stone stile
And waits to look the landscape o'era while."

And hark ! — O, how it made his senses reel ! —
She's crooning softly to her spinning-wheel ;
The same sweet voice, broken although it be,
With which she sang when he sat on her knee ;
And she's the same, although the precious form
Is doubled up from meeting many a storm :
The locks of auburn that he used to know
Are white as winter's deep, undrifted snow ;
The eyes are dim, that shone like flowers in dew,
Searching, yet tender, deep as heaven's own blue ;
And yet her cheeks are blooming like the rose
Beneath a bank of melting Alpine snows, —
The same sweet tint that youth had painted first,
Before life's tempests on her head had burst.


He knocked at length, and then he, waiting, stood,
Eager to meet and test her motherhood.
No answer came, except the hollow sound
Of his own blow, the death-like cottage round ;
He knocked again, and said in undertone,
" She's grown quite deaf, I surely might have known."
" Come ben ! " in her old-fashioned, simple way,
As often to a guest, he heard her say.
She brought a chair ; nor had he scarce sat down,
Before he asked the way to Kinlock town.
His garments they were new, but coarse and rough ;
His accent English ; and his voice was gruff.

" Gang through the town across the burnie's bed,
Keep up the hill, to left nor right your head ;
When at the height, turn round the old gray kirk."


She eyed him once, and then put by her work.
He weary seemed, all crouching in his chair,
And broken down with travel, grief, or care.
It made her sigh.   " And are ye Scotch by birth?
Why went ye then a roamin' roun' the earth?"
" Ah, yes! I'm Scotch ; but I am altered so,
That her own son my mother would not know,
Although a mother kinder could not be
Before I left her and went off to sea."
" Ah. man ! of mithers ye do little ken,
If that's your ain conviction of them, then.
A mither'd ken the bairn she fondly pressed
On her ain bosom to a lo'in' rest,
Wha teuk the snawy draught frae out her breast,
An' toddled roun' in the auld household nest ;
She'd ken her bairn, her lo'in' e'e sae keen,
Where'er he were, wherever he had been ;
Her ear wad ken his footfa' on the walk,
She'd ken him by his gait and by his talk.
But tell me, man, how far your foot could reach,
That ye sud lose the Scotch frae out your speech?
On Arctic snaws, or India's scorchin' sands,
Where ha'e ye wandered roun' through mony lands,

"She eyed him once, and then put by her work."

That ye ha'e tined the tongue your mither taught, —
The auld Scotch tongue, wi' sic sweet mem'ries
      fraught?"
" O ! in Calcutta I have lived for years."

At that she sighed ; and then she said, with tears,
" And, when ye lived there, did ye chance upon
A bairn o' mine, one Malcolm Anderson?"
" There's many of that name I know full well.
What is he, ma'am?   A merchant there did dwell,
About my age and build, and wealthy, too."
" Malcolm's a merchant, that is unco true ;
But he is younger far by mony a year,
An' bonnier far, than you do now appear.
I beg your pardon, man ; a mither's pride
Sic points o' likeness can fu' weel decide.
An', then, he stood up firm and straight and tall
As though he walked a laird within his hall ;
His han's were like a lassie's, saft an' white ;
His tressy hair was thick an' glossy bright ;
His cheeks were like the new-blawn rose to me,
That hangs half opened on the mither-tree ;
His swellin' brow was pure as any snaw ;  ·
And in his een, that answered to your ca',
There was a glint just like the e'enen' star, —
A glint o' light across a sky o' blue,
A leuk that seemed to search a body through :

Ye're not my Malcolm, man, by very far,
Although a decent mither's son nae doubt ye are."


   The stranger rose, as if to take his leave,
That he had altered so, slow to believe.
" O ! bide a bit, ye've gang'd sae lang a way,
An' eat wi' us, before we part, I pray."
Thus did the kind old mother rise and say.
He had not answered her, before she went
And up the stairway this brief summons sent, —
" Maggie, come down, and set the supper on ! "
For now the parting day was well nigh gone.
And so the two spread out a clean repast,
And he drew nigh to eat, as she had asked.
She closed her eyes, and drooped her frosted head,
And reverently a simple grace she said.
The stranger took upon his plate the food ;
He tried to eat, but still untouched it stood :
His soul within him was too deeply stirred ;
He was too hungry for some loving word ;
His heart was leaping in too eager haste
The sweetness of his mother's lips to taste.


   " Ye dinna eat, my man : what can we bring?
What wad ye relish?   Is there any thing ? "
" There is a dish my mother used to make,
I'd gladly taste, if only for her sake.

'Tis oatmeal porridge ; taken from her hand,
I'd be the happiest man in any land."
" *Parritch*, ye mean!" his mother quick re-
    plied :
" There's some that's left from dinner set aside ;
It stan's within the pantry very near ;
But then it's cauld. Maggie, just han' it here ! "
" If it but have the taste it had of old,
I do not care if it be hot or cold."


He took the bowl, and then he stirred the spoon,
And she began to mark the motion soon.
And, when he twirled it by some boyhood art,
Half from her chair she rose with sudden start ;
And then she trembled, then was pale as death,
And then she said, as fast as came her breath, —
" Ye minded me o' my ain Malcolm then ;
There, there ! just lift your spoon that way again.
Just sae his parritch he was wont to stir :
O laddie ! now, my Malcolm gin ye were ! "
" Ah, weel then, gin I were your Malcolm, come
To cheer your auld age in your auld-time home,
Or gin your braw young Malcolm were as brown,
An' auld, an' gray, an' bald, an doublit down,
That Malcolm, mither, wad ye now incline
To lo'e him as ye did in dear lang syne?"

2

His language had become his mother's own ;
She heard again the old familiar tone ;
At once her aged breath comes thick and fast,
And gathering tears begin to fall at last :
And when he calls her *mither*, then she goes
With  one  glad  cry,  and,  tottering  toward  him.
     throws
Her fainting form upon his manly breast,
With her excessive joy weak and distressed,
And like a child within his bosom hides,
While many a tear-drop down his rough face glides,
Her brow he kisses, then her face and hand,
And calls her all dear names he can command ;
While in his face she looks, beyond a doubt
If she, perchance, can make her Malcolm out.

   At last, by these caresses satisfied,
And lacking words, they seat them side by side.
" But, Malcolm, wife and bairns — where are they
     all ? "
" O ! at the inn, within a minute's call."
" Go bring them here, to bless my achin' e'e ;
I scarcely hoped this happy day to see."
" But in the cottage ha'e ye surely room ? "
" I'll manage that.  Go bid them a' to come :
I ha'e twa rooms, wi' neebor closets wide,
An' shelves weel packed wi' gudes on ilka side,

Wi' things for yours I've woven or ha'e spun."
" Weel, mither, now ye'll rest : your work is done."
" 'Twad mickle irk my soul, I ken fu' weel,
Idle to see my loom or spinnin' wheel ;
This side the grave to rest I dinna care ;
Fu' lang a time I'll ha'e to rest me there.
I canna bear these wrinklet han's to fauld
Till they are crossed to moulder in the mould :
There'll be, 'twixt then an' resurrection-day,
For needfu' rest fu' time enough to stay.
But hasten now your wife and bairns to bring ;
Against it we'll make ready ilka thing :
I hope to like your wife ; I want to see
The bonnie bairns ; I hope that they'll like me."

The good dame's hopes each one proved very true :
She liked them well, and well they liked her, too.
That night, before their rest, in holy calm
They knelt in prayer, they sang an old Scotch
        psalm ;
And then, the guid-wife's palsied voice instead,
Her Malcolm's own the welcome worship led.

Bright was the cottage thence, within, without, —
Without with rose and woodbine clung about,
Within with childhood ways and childhood glee,
With books and sports and ringing melody :

But sometimes would the grand-dame call around
The little group, and still their boisterous sound ;
While, as she told, their eager eyes would swim,
*How Malcolm came, and how she welcomed him.*

———◦◦◦———

# THE LOST GUID-MAN;

## OR, JANET FOREMAN'S STORY.

ONE summer in July, when on the walls,
And roofs, and spires, and lofty palace-halls.
The sun, like king barbaric with gold crown,
Was pouring all his hottest terrors down,
A knot of ladies from " Auld Reekie " went,
On pastime, health. and pleasure bent,
To live at Annefield, a suburban place,
Simple and sandy and with scarce a grace ;
To bathe them in the surf, to walk, to fish.
To treat themselves to many an humble dish :
A wife, whose husband was in foreign parts ;
A daughter, decked with all the city arts ;
A grandchild, orphaned ere her feet could go,
But treated so as not the loss to know ;
An unwed aunt, who in the grave had laid
A noble man who sought her as a maid :

A dog, Newfoundland, and the grandchild's pet,
That loved in brine his shaggy coat to wet —
A brute protector of them each and all,
That came all bounding, eager at their call,
That human seemed, so wise and true was he,
And more than human in fidelity.
These often met a woman, quaint and old,
Sitting upon a crag, surf-worn and bold,
That overlooked the restless, foamy Firth,
As though oblivious of all things on earth ;
Wrinkled her brow with many a deep-scored care, ·
Falling in silvered curls her unthinned hair ;
Her well-arched brow and face of classic mould,
Her blue eyes' depths, of true refinement told.
She sat there gazing off upon the sea,
As though it had some charm or mystery ;
As though within its depths some treasure lay
Hidden forever from her reach away.
At last, from meetings oft, acquainted grown,
She told this tale in tender undertone : —

" Some twa-score years ago, in a' the town
There was nae happier cottage than our own.
Just shade the settin' sunbeams wi' your han's,
And leuk off westward ; there ye see it stan's.
'Twas Davie's self, before I was his bride,
When we had luve-walks by the foam-fringed tide,

That singlit out the spot, alane and free,
Where my bright lamp wad shine far off at sea;
And, being unco skilled wi' saw and plane,
To put it up himself he was fu' fain.
And sae, when fishin' days were dull or gaun,
Our hame and comin' years intent upon,
He hew'd the timbers, drove the ringin' nails,
Fitted the slantin' roof wi' cedar scales;
While, like the master-workman, happy I,
To hear the soun's and see the shavin's fly!
Well, soon 'twas dune, and then we twa were wed,
The crownin' day for baith we thought and said.
How aft the sunrise met the curlin' smoke,
When frae the waves the purple mornin' broke;
How aft the stars leuked out o' heaven to see
Sic human bliss as fell to him and me!
'Tis but a step; alang this path let's walk,
An', till we reach it, I will stap my talk."


And while they went behind the cliff the sun
Dropped, as a votive shield, in battle won,
And hung aloft to grace a temple's walls,
Jostled by jarring door, descending falls;
While all the west with clouds was overrun,
Like painter's pallet when his work is done.
And now they sit beneath the vine-draped door,
That overlooks the hamlet and the shore,
And she resumes the tale she left before:

"About a month, I think, a month or more,
The wonted herrin' fishin' had been ower,
When guid-man, that was Davie, weel ye ken,
And, syne he's dead, he was the best o' men :
As clear his een as heaven's unclouded blue,
Sae strang his limbs, his voice sae kind and true ;
I ha'e his picture hung upon the wa' ;
Just walk this way and see it in the ha' ;
There, just like that he leuked when we were wed,
Dressed in his best, and sae held up his heid.
Don't min' me, for the woun' is always fresh ;
For, though the spirit's willin', weak's the flesh.
My guid-man, he that's here, and he that's there,
Said, ' Janet,' as he drew alang his chair,
' Here is the pickle silver I ha'e earned ;
For bonnet and for gown I ken ye've yearned ;
Sae buy them baith ; it sweetens a' my work
To see ye walkin' Sundays to the kirk,
Wi' cheeks a' blushin', and with hair o' gowd ;
For a' the hamlet kens o' ye I'm proud.
There'll be enough — for next on that I dote,
To buy for me a bonnie fishin'-boat,
Sae snug and trim, sae jauntie fore and aft, ·
'Twill surely overhaul all ither craft.
And ' Janet Foreman ' that shall be the name
Upon the stern, and on the flag aflame ;

A' ither boats 'twill stan' as far before
As my ain Janet a' alang the shore.'
And sae we sat beside the chimla there,
An' leuked, and bigged our castles i' the air :
The bonnet an' the gown were baith for me,
An' sae the bran new boat was, ye can see.
But, ah ! my ladies, 'tis an awfu' truth
That aften fell frae my auld mither's mouth :
'Tis not in man that walks his path to choose ;
It is not his to take, nor to refuse.
The bran new boat was never to be made ;
The gown and bonnet, black as nicht their shade ;
And his 'twas never mair again to be
To sail his boat or gang to kirk wi' me ;
But 'twas God's will, and sae it shall be mine —
He gied me a', to Him I a' resign.


" Herrin's were gaun, but haddocks still were gran',
An' bigger grew the siller in my han' ;
For never had the weather an' the sea
Been better for my guid-man and for me.
Aweel ! aweel !   December was half gaun ;
The day'd been fair, and nicht was creepin' on ;
I'd put the lines in order and the bait ;
Neptune was moanin' for him at the gate ;
I'd filled his basket wi' a goodly store,
And it sat waitin' just within the door ;

We'd ta'en our supper, and before he went
To God our wonted e'enin' worship sent.
An' then, without anither word, he rose
An' kissed our babie in her saft repose —
Our anely one ; (for thirteen years had past
Before her little fragile bark was cast
Within the friendly shelter o' our hame ;
Three years before, our little Maggie came ;)
And then, wi' laughin' word to me, alang
Wi' Neptune at his heels, and some sea-sang
Upon his hearty lips, away he strode ;
An' soon four strappin' chiels adown the road,
As crew, o'ertook him : what could I forebode ?

" The sun, 'tis true, had set that nicht in blood,
An' there were clouds that augured naethin' good ;
The wives new-married, they had gaun adown ;
An' lassies waitin' to be married soon,
To see their guid-men an' their sweethearts aff.
An' I had heard the cheer an' answerin' laugh ;
For I, strang in my faith, strang in my luve,
An' not sic early tenderness above,
Was busied roun' the house, until 'twas dark,
Wi' milkin' o' the cow and ither wark.
An' when I fastened winnocks and the door,
I heard the boats a callin',down the shore,
An' warkin' slowly out into the sea.
An' then I prayed upon my bended knee

To Him wha haulds the waters in his han',
To Him wha walk'd upon them as on lan',
To Him wha stills them as to rest a child,
That frae their surgin' depths and frenzy wild
He'd watch and ward upon my Davie keep,
And send him back again frae aff the deep.

"Ah! ladies, prayer's a helpfu' thing and gran',
To ease us of our sorrows kindly plann'd,
To sweeten a' our joys, and to prepare
For comin' griefs, in store we ken not where.
I took our babe and got me aff to bed ;
Upon my arm was laid her trustfu' heid ;
A sweeter burden mither never had.
An' there I lay, half mournfu' and half glad ;
Now thinkin' on my Davie gaun frae me,
Now wond'rin' why sae tearfu' I sud be.
I lay half wakfu', gazin' at the fire,
As it would wildly loup and then expire,
And soon I drapp'd into as soun' a rest
As ever came to any wearie breast.
Sic pictures sweet came to me in my dreams,
Just came and went, as if by fitfu' gleams :
We twa were sittin' by our ain fireside,
Before the babie came — I still a bride.
He leuked sic luve frae out his tender eyes,
He spak sic words, and gied me sic replies ;

An' then he seemed to fade and fade away,
As stars go out before the dawn o' day.
How lang I slept I do not truly ken;
I anely know, lang 'twas ere day agen.
I heard, as 'twere the thunder's pealin' soun',
The winds awake and sweep our roof aroun';
Siccan a night it was! I heard the sea
Breaking against the rocks relentlessly.
Where was my guid-man then? Alas! I thocht,
' The darkness hideth not frae Thee!' This brought
Some comfort. An', besides, he saw the storm
A brewin'; sae in Berwick snug and warm,
Or in Dunbar, he's ta'en his trusty boat,
An' there she'll safely ride the tempest out.
I was na frightened, yet I could na sleep,
Sic tumult did the win's and waters keep.
I lighted up the fire, and down God's book,
We'd read sae aften, I for comfort took.
And thus I waited for the comin' morn.
It came, at last, with a' its cauld and scorn,
An' guilty-like, as though it wad na own
What it weel kenned the cruel nicht had done.
It came, at last, and down alang the shore
Were wives and sweethearts, oh! weel nigh a score.
A heavy fog hung like a fun'ral pall
Upon the pier, and ower the waters all.
We leuked in vain, for naething could be seen;
Naething but waves against the rocks moss green —

The loupin', surgin', treach'rous waves, that came,
But brocht nae tidin's on their snawy faem.
We lookit eastward, westward, too, in vain.
Ah! naething, naething but the fog agen,
The fog, and angry roarin' sea ; no sail,
No broken mast, no sign that could avail
To solve the mystery or to tell the tale.

" We talkit much thegither, and made out
They'd sail'd for Berwick or Dunbar, no doubt ;
And that they'd tak the road before the nicht,
And come to gladden our poor achin' sight.
And sae to Musselboro', on that day,
We women-folk to meet 'em took our way.
We thocht our guid-man and the lads wad come
Ere we had tramp'd ower half the road frae hame.
Like torrents, then, the rain was pourin' down ;
We felt it not, nor heard its mony soun'.
But ah! we found them not, and sae our lane
We travelled back.   Of griefs each had her ain.
Intill the west went down the sad, sad day,
On came the gloamin' hour, sae cauld and gray ;
And darker grew the twilight, darker still,
And not a word of hope our hearts to thrill.
Ah! sic a nicht in Annefield never was ;
Of sic anither may there ne'er be cause !
How mony hearts within our hamlet broke
Before the next day frae the sea awoke !

How mony, too, that could na think or sleep!
How mony, too, that could na break or weep!
Ah! ladies, aften had I sung the sang,
' My guid-man's step hath music in't.' 'Twas lang
Before I kenned the meanin' o' the line ;
But then, alas! I could too weel divine :
My Davie's footfa', ah! was never mair
To sing his welcome comin' on the stair.


" Twa days passed slow awa' ; and then the waves,
As if they tokens brocht frae rifled graves,
As if they mock'd our sorrow and our woe,
Washed up the broken spars frae down below.
Oh! when we saw them, then we kenned the een
That blink'd wi' sunshine never mair'd be seen ;
That we might leuk and leuk across the sea,
And to our sight nae lang'd-for craft should be ; ·
That we might listen still frae year to year,
But ne'er the music of their voice wad hear ;
That never till the sea gave up its dead
Wad mortal ken where God had made their bed.
What weepin', lamentation, sorrow, woe!
In the gran' words o' Scripture that ye know,
Rachel a weepin' for her bairns, and we
For those that better were than bairns could be !


" But, in this season of my bitter need,
Adown I bowed my beaten, droopin' heid ;

I kenned that He wha made us knows the best
How He can fit us for His heavenly rest.
I ask'd my guid-man's safe return to hame ;
God took him *there*, and that is a' the same.
That is our hame ; our babie's gaun there too,
An' I'm but waitin' till my wark is through.
'Twill not be lang ; ye see I'm auld and gray,
I'm waitin' for *His* ca' to rise and gang away."

Her auld voice drops, and they are all in tears.
Just then from out the cloud the moon appears ;
And so, with many thanks and greetings fair,
They thoughtful to their quiet home repair.

## THE BURDIE.

A BURDIE lighted on my han',
　　As it had been a spray ;
An' sportively keeked in my e'e,
　　An' trilled a winsome lay.

A roguish pet he soon became,
　　An' thought to build his nest,
An' rear a brood of gentle ones
　　Within my frightit breast.

Ae burdie ane might scare awa',
 Gin he wad come again!
But, gin he never found ae hame,
 Ane wad be sorry then! •

An' ilka breast maun be a nest
 For some poor bird to fill;
Sae 'twas na in my heart at a'
 To cheat him o' his will!

   ——•◦•——

## GANGING TO THE WARS.

### PART I. — WILLIE.

I'M ganging to the wars, Jean;
 There is nae peace at hame;
Thou'lt na gainsay the word, Jean,
 That gars me do the same.

I came na for thy gear, Jean;
 Oh! leave it a' behind!
House fu' o' stuff's a pest, Jean,
 Without a willing mind.

I would hae stown thy heart, Jean,
 Then waited for thy han';

I did not hae the thought, Jean, ·
   Till my ain heart was gaun.

Oh! canst thou gie it back, Jean?
   Owre meikle, twa for ane;
An' nane's a sorry plight, Jean,
   For him wha gangs his lane.

Nay! keep them baith thysel', Jean;
   Somehow mine was thy due;
I wad na cheat thee o't, Jean,
   Though I hae nane in lieu.

And *maun* I to the wars, Jean,
   An' never see thee mair?
Thou *wilt* gainsay the word, Jean,
   That vexed my heart sae sair!

### PART II. — JEAN.

I *wad* na hae thee gang awa,
   Thy ways hae been sae kind;
I can na think what I hae done
   To make thee o' that mind.

Yestreen thy words were sweet to me!
   Wad thou but tell them o'er,

·I'd schule mysel' to say the things
    I durst na say before.

Oh! meikle crowded to my throat!
    My heart lay beating there!
I know, I could na *mean* to speak
    A word na kind and fair!

Oh! Willie, thou'lt na gang *to-day*,
    Because I ask thee so;
Thou wilt na grieve thy gentle Jean
    Sae soon before thou go!

---

## NAE WARK O' MY AIN.

'Twas nae wark o' my ain;
    I ken na how it was;
Her palm I'd saftly ta'en;
    I can na guess the cause.

'Twas nae wark o' my ain;
    I durst nae think of it;
Slyly my lips were fain
    To peck her han' ae bit.

3

'Twas nae wark o' my ain ;
   I said I lo'ed her best ;
The silly tale had lain
   Sae whist within my breast.

'Twas nae wark o' my ain ;
   I *could* nae help to see,
What she wad check in vain,
   Come bubbling to her e'e.

Nae wark o' *mine* was this,
   To stoop an' reach her mou',
An' pluck a red ripe kiss,
   O' hearty luve sae fu'.

'Twas nae wark o' my ain,
   Her nestlin' in my arms ;
A neuk she syne has ta'en
   In wee-bit luve alarms.

I wonder at it a' ;
   It might nae hap again ;
It could na better fa',
   Though *ae* wark o' my ain.

## AE SIMMER SABBATH MORN.

THE simmer claver is i' flower ;
  The fields a' red and white ;
Fragrant with incense is the hour ;
The wearie week has left a dower —
  The Sabbath's tranquil light.

Nae wheel comes rumbling down the road ;
  Nae clutter frae the mill ;
The beasts hae respite frae the goad ;
The cart stan's empty o' its load,
  Stray roun' where'er ye will.

Saft and unjangled are the bells
  That call us to the kirk ;
Their ebbings an' their pealing swells
Are sughing through the distant dells
  Whare timid conies lurk.

The bairns come linkit loof in loof
  To their sweet Sabbath schule ;
Ye ken yon house wi' sloping roof,
Whose moss-grown boards gie meikle proof
  It's seen fu' mony a Yule ! *

* Christmas.

Decrepit, doublit up in half,
  Upon a sturdy arm,
Auld age comes hirplin' wi' its staff;
Nae ill-bred youngster hides a laugh,
  Or plots the gray-beard harm.

Nae ither day can see sic sight
  Within these dingy wa's;
Ilk lad, ilk tentfu' runkled wight,
Ilk dame, ilk damsel bonnie bright,
  Frae God instruction draws.

The seed is sawn on mellow groun';
  Ilk heart is weel prepared;
How thrifty virtues grow aroun'
Within those sweet bells' Sabbath soun',
  Time hath fu' weel declared.

———◆◆———

## FORSAKEN.

"Oh! nocht but luve and sorrow joined." — BURNS.

AULD mither, rax thy bany han',
  An' haud it to my breast;
This busy heart is worn an' faint,
  An' droopin' to its rest.

Awa, awa in Scotia's lan',
  Was ance my Highlan' hame ;
Ae Lowlan' chiel made suit to me,
  An' owre the seas we came.

Oh ! he was cannie, brisk, an' braw',
  An' spake the hinnied word :
Then wound his arm anent my waist ;
  A' flitchrin' like a bird !

Oh ! light was then my foolish heart,
  An' dancin' with the faem
That curled sae daftly roun' the beak
  That bore me frae my hame.

But hinnied words may prove fu' faus.
  An' proud man's luve grow cauld,
An' ither lads forget the aiths
  Their tentless lips ha'e tauld.

Then dinna stare sae sad and stern ;
  I am nae guilty thing :
An' I maun soon be gaun frae thee,
  An' life, an' sufferin'.

Ae drouth is i' my burnin' veins,
  Ae sair drouth i' my een ;

'Twad be too sweet a joy to greet,
　　As when a wee, wee wean.

Auld mither, raise me i' my bed,
　　An' haud me to thy breast;
I wad be niest suthin o' earth
　　When droopin' to my rest.

An' can ye say ae simple prayer,
　　Sic as I heard lang syne?
An' can ye quote some healin' words
　　Frae out the beuk divine?

Like lamb a-bleatin' for the fauld,
　　Like bird for mither-nest,
Sae is my broken, achin' heart,
　　Sae is my soul distrest.

Auld mither, when I'm dead and gaun,
　　Gin that poor chiel sud ca',
Tell him when Maggie came to dee,
　　That she forgied it a'!

## AULD ADAM ADAIR.

AULD Adam Adair, wi' a strut an' a stare,
  He ask'd for my heart, and ask'd for my han';
But wha'd be his wife, to lead sic a life
  As the ane that's lately heart-broken and gaun?

For ane weddin' night, his ha' wad blink bright,
  And then at his wark a' her days she wad spend;
Till the crabbit auld carl, in the niest drunken snarl,
  To lie by the ither, the braw ane sud send.

Auld Adam Adair, he spak unco fair,
  An' talked o' his siller, and talked o' his gowd;
He'd fetch me frae town a bonnie silk gown,
  An' a bonnet wi' plumes a' tossing sae proud.

Auld Adam Adair, he straikit my hair,
  An' leuked a' sae saucily into my een;
The bluid in my cheek was a' that did speak,
  For my throat was choking wi' anger I ween.

Auld Adam Adair, I wad meikle rather wear
  Ae hamespun petticoat a' o' my days,
And sit down at night by the chimla-lug bright
  O' the laddie that warks a' day on the braes.

There's ane, when he sues, I never refuse,
    For the luve that lights up his sparklin' blue e'e,
And though his hearthstane·be humble and lane,
    Its blink shines brighter than siller to me.


And sae the auld squire maun strut and maun stare,
    And drive a' alane in his carriage sae proud;
That lass rews the day when she barters away
    Her luve an' her youth for siller and gowd.

————

## NAE KNEE-BAIRN.

Oh! ha'e ye, then, nae knee-bairn
    Wi' dumpy, dimplit han's,
Wi' fit accoutred i' sma' boots,
    An' fitfa' like a man's?
    An' fitfa' thund'rin' roun',
As though your ain knee-bairn
    Wad weigh a hunder poun'?


Oh! ha'e ye, then, nae knee-bairn,
    Soon as ye lift the latch,
Soon as ye touch the stair or floor,
    Your comin' step to catch?
    To catch, and to ca' out,

Your toddlin' wee knee-bairn,
    Wi' mony a peal an' shout.


Oh! ha'e ye, then, nae knee-bairn,
    To climbit for a kiss,
To pu' your beard, and tweak your nose?
    Fu' half o' life's in this!
    Fu' half o' life an' more,
To ha'e your ain knee-bairn
    A-stumpin' roun' the floor.


Oh! ha'e ye, then, nae knee-bairn,
    To hauld ye by the ear,
An' whisper wi' his pouty lips
    What nane but you maun hear?
    But you! some secret wise
The whilk your ain knee-bairn
    Imparts wi' starin' eyes.


Oh! ha'e ye, then, nae knee-bairn,
    To snuggle his roun' head
Down in your lap, curl up his lim's,
    An' nestle aff to bed?
    An' nestle aff as though
Your ain worn-out knee-bairn
    Had nae where else to go?

Oh! ha'e ye, then, nae knee-bairn?
　　Weel, ye can never ken
What 'tis to ha'e him ta'en awa',
　　Nor hear him roun' agen :
　　Nor hear him roun', but gaun
Frae sight and sense, your knee-bairn
　　Ye had sae doted on!

What 'tis to ha'e a knee-bairn,
　　That's clim' out o' your sight,
Far up alang the angel-steps,
　　Aboon the starn o' night,
　　Aboon your reach or ca'!
What 'tis to ha'e a knee-bairn
　　Ye canna ken at a'!

## MY AIN FIRESIDE.

### I.

My ain fireside, my ain fireside!
　　My bonnie wifie's there :
My gigglin' wee-things roguish hide,
　　An' miss their daddie sair.
There auld-man in the corner sits,
　　An' ower his lang life dreams,

" What 'tis to ha'e a knee-bairn
That's climbit oot o' sight."

" My gigglin' wee-things roguish hide
An' miss their daddie sair."

Wi' now and then his talkin' fits,
  As blaze on hearthstane gleams.

### II.

I've seen through palms the tropic sun,
  I've trodden polar snows,
An' frae cauld heights that toil had won
  Ha'e watched the day's repose.
Whate'er the clime, whate'er the lot,
  What starn in heaven did ride,
There was for me ane single spot —
  My ain, my ain fireside.

### III.

My ain fireside, my ain fireside!
  I hear in dreams thy glee:
There breaks in spray sweet laughter's tide,
  An' nane's awa' but me.
I see them roun' the board snaw-spread;
  I hear the reverent word
Which, frae wife's lips sae fitly said,
  Our Father, too, has heard.

### IV.

Blue skies aboon my bonnie lan',
  Gran' fludes that seek the sea,

Proud heights that roun' as bulwarks stan',
  Blythe-bid my hame frae me!
Ye starns, Oh! keep your vigils still,
  Still be the exile's guide;
And Thou, who dost a' wide space fill
  Bield Thou my ain fireside!

### v.

My ain fireside, my ain fireside!
  I seem to catch through thee
Faint gleams o' what God does provide,
  What Heaven itsel' shall be.
I seem to hear hame-voices there;
  I seem to see hame-thrangs:
For that hame-gathering us prepare,
  An' teach us a' the sangs!

## LANELY AGNES MURRAY.

### I.

Oh! lanely Agnes Murray,
  Wi' teeth like drifted snaw,
With mou' sae like a peach-cleft
  The frosty heart to thaw;

How sweetly do your eyelids
　　Quiver beneath my gaze,
While in their saften'd shadow
　　Your soul is a' ablaze !
In spite of wedow's claethin',
　　Ye seem on any day
As though ye were an angel
　　That down to earth did stray.


II.

Oh ! lanely Agnes Murray,
　　I heard you greet sae sair,
When ye parted wi' your gude-man,
　　To meet him nevermair ;
Your een were like twa blue-bells,
　　A' brimmin' ower wi' dew ;
Your bosom heaved sae heavy,
　　Your heart was breakin', too ;
But, spite o' wedow's claethin',
　'It seemed to me, that day,
Ye might hae been an angel
　　That down to earth did stray.


III.

Oh ! lanely Agnes Murray,
　　I saw you stan' sae fair,

Twa lily brows a-gleamin'
    Atween your weel-kempt hair;
I saw you when, on Sunday,
    Ye to the altar came,
And heard your snaw-crown'd pastor
    Speak out aloud your name;
An', spite o' wedow's claethin',
    It seemed to me, that day,
Ye might hae been an angel
    That down to earth did stray.

### IV.

Oh! lanely Agnes Murray,
    Your daintie han' has ta'en
To parchin' lips the cordial
    That brought relief frae pain;
But, while the ane sae wearie
    The welcome draught did sip,
The hallow'd words were sweeter
    That hinnied on your lip:
For, spite o' wedow's claethin',
    It seemed to him, that day,
Ye might hae been an angel
    That down to earth did stray.

### V.

Oh! lanely Agnes Murray,
    Ye are sae fair and frail —

Ye are sae white and fragile,
    Sweet lily o' the vale —
We aften fear the breezes
    Will waft your soul awa'
Beyont our livin' vision,
    Beyont our earthly ca';
For, spite o' wedow's claethin',
    Ye seem on any day
As though ye were an angel
    That down to earth did stray.


## IN DUMFRIES KIRKYARD.


In Dumfries kirkyard lies a chiel,
Whase e'e love kindled; loof was leal;
Proud Scotia's sons, they ken fu' weel,
    Though sae lang, dead,
'Tis Robert Burns; by God's own seal,
    A poet made.


In Ayrshire did his mither bear him,
In Ayrshire did his daddie rear him;
Nor did the great e'ed beasties fear him,
    That dragged the plew;
The silly sheep ran bleatin' near him,
    Wham weel they knew.

In harvest field he swung the sickle,
O' rural pastimes had fu' meikle,
At ilk man's grief his een wad trickle,
  As at his ain ;
But ah ! fu' aft his will was fickle,
  An' wrought man pain.


He wooed the secret charms of Nature,
He kenned her beauties, ilka feature ;
The bird, the mouse, ilk fearfu' creature,
  He still befriended :
The plew-crushed daisy, he maun greet her,
  Sae fair, sae ended !


How weel he sang the sacred scene,
When cotter trudges hame at e'en,
An' wi' his wifie, bairns, and wean,
  Sae humble kneels !
Sic holy joys, the weeks atween,
  His household feels.


He yielded, ah ! to stormy passion ;
He madly drank, as was man's fashion,
He sairly sinned, by his confession,
  And suffered sair ;
He sadly needed God's compassion ;
  Some need it mair.

Let daisies weep, larks mount abo'e him,
Let peasants come, who read and lo'e him,
Let a' eschew the fawts that slew him,
    And laid him there;
While Dumfries kirkyard proud shall ha'e him,
    Or rin the Ayr!

## THE AYRSHIRE PLEUCHMAN.

THE snaw-white daisy on the hill
    Still hangs her modest head;
The peasant drives his furrow still
    Across the mousie's bed.

The banks are green on bonnie Doon,
    Still flows the gurglin' Ayr;
The woodlan' warblers are in tune,
    As when *they twa* were there.

The sturdy cotter, frae the soil,
    Comes singin' happy hame,
Catchin' as offset to his toil
    His ingle's blinkin' flame.

4

Tossin' his wee things high in air,
   Kissin' his wifie's lips ;
Settlin' his limbs within his chair,
   Thankfu' his bowl he sips.


But where is he, these scenes amang,
   Wha glints wi' poet's e'e ;
Wha as he pleuchs wad sing a sang,
   Or as bairns climb his knee?


Oh, where is he that beauty sees
   Where'er his footstep turns —
In Lowlan' vales, in Highlan' leas —
   Proud Scotia's Robert Burns?


Be Dumfries' grasses always green
   Above his pleuchman breast ;
An' blessin's on the tender een
   That greet around his rest.

## ROBIE BURNS.

Sae lang as Doon's a rinnin' river,   ·
    Sae lang's the share the daisy turns,
Sae lang as mice at plewmen quiver; —
    Our een shall greet for Robie Burns.

Sae lang as blue-bells deck the heather,
    Sae lang as baum breathe Scotia's ferns,
Sae lang as beasties dread cauld weather; —
    Our een shall greet for Robie Burns.

Sae lang as Highlan's ha'e their Marys,
    Sae lang as stars ha'e gowden urns,
Sae lang as lovers tine their dearies —
    Our een shall greet for Robie Burns.

Sae lang as hame o' nights the cotter
    Wi' achin' banes frae wark returns,
Tossin' in air each gigglin' trotter; —
    Our een shall greet for Robie Burns.

Sae lang as frae his han' the chalice
    That's tyrant-mixed the patriot spurns,
Sae lang as Scotchmen lo'e their Wallace; —
    Our een shall greet for Robie Burns.

Sae lang as man forgies his brither,
　　Sae lang as for his gude he yearns,
Sae lang's the weak maun lo'e ilk ither ; —
　　Our een shall greet for Robie Burns.

Sae lang as Dumfries' sod lies vernal,
　　Where mony a heart his story learns,
We'll fling the husk, and tak' the kernel ; —
　　Our een shall greet for Robie Burns.

## THE WEE-BIT BAIRN.

We ha'e a wee-bit bairn at hame,
　　Sae blithesome, cannie, bright,
That ever syne the day he came,
　　He's filled the house wi' light.

He now is twa years auld or mair,
　　A' glib.o' tongue and foot ;
He climbs up ilka fatal stair,
　　He claims ilk cast-off boot.

Barefit he toddles roun' the streets,
　　Wi' gran'sire close behin' ;
Giving ilk person that he meets
　　Piece of his childish min'.

Wha kens the wee-thing? what he'll be
    When years a score ha'e gaun?
Gladdin' his mither's grateful e'e?
    Piercin' her breast wi' thorn?

God gie His angels charge to keep
    The bairnie, lest he stray,
An' though in death we fa' asleep,
    Show him the narrow way.

## ENOUGH FOR TWA.

Fu' twa-score years I've ganged my lane,
    A bachelor an' a';
Sae now I'll leave my pleugh an' wain,
An' trudge alang, and tell my Jean,
    That I've enough for twa.
*Repeat.*    That I've enough for twa.
        Sae now I'll trudge and tell my Jean,
        That I've enough for twa.

My house is large, and sae's my hearth,
    Whatever may befa';
Come days o' grief or days o' mirth,
Whichever way may turn the earth,
    I ha'e enough for twa, &c.

I've flocks enough upon the hills,
    An' kine within my ca' ;
The bubblin' spring my pitcher fills,
The hinney frae the comb distills,
    An' there's enough for twa, &c.

However weel my barns are stored,
    I'm lanely i' my ha' ;
I'm lanely at my weel-spread board :
Sae now wi' Jean I'll share my hoard ;
        For there's enough for twa, &c.

---

## FOREBODINGS.

I CAN na staunch the saut, saut tears,
    That blind my bleerit e'e ;
For thou art ganging far awa'
    Upon the heartless sea.

Its bosom is na saft as mine,
    Na is its beat sae kind ;
Thou'rt taking a' my life wi' thee,
    Yet leavin' me behind.

Gin ither lips sud meet wi' thine,
    Gin ither vows thou make,

An' thou na min' thy Mary's luve,
　　Her lo'in' heart wad break.


An' sud thou, ah ! come back again,
　　An' bring a daintie bride,
Oh, dinna leuk to find me here,
　　But by the auld kirk's side.


For lane will rest the broken heart,
　　An' sleep the weary e'e,
That longed and leuked to welcome thee,
　　Frae owre the heartless sea.


It's unco wrang to spae sae sad
　　An' smiles 'twere weel to feign ;
But ah ! 'tis heavy on my heart,
　　Thou'lt find me ne'er again.


## MITHERHOOD.


Ae dimplit han' is at my breast,
Where tossed a beaded heid at rest ;
I leuk to see what it may mean,
An' meet twa roguish twinklin' een.

Far off in slumbers saft before,
Now feelin' at luve's beatin' door;
An' sure the eager han' will win
An' mither 'll let the stranger in!

Nay, dinna pout, and dinna frown,
O' a' my joys this is the crown;
To see thee, in thy greedy strife,
Sae tuggin' at my very life.

Tak' in thy mou' my breastie's bud,
Draw through thy lips the snawy flood:
O, press me hard wi' toothless gums,
An' dent me wi' thy tiny thum's.

'Tis hinney sweet to min' thy whims,
To soothe thy rest wi' cradle hymns,
To tumble thee in gladsome play,
An' bear thee on my heart a' day.

I dinna o' my lot complain,
I dinna grudge gudeman's domain:
How happier could a mither be,
Than I am aft with God and thee?

## BABIE GREETIN'.

GREETIN', babie, greetin' art thou,
  Here anent my mither-breast?
Greetin'?  Dost frae sleepin' start thou,
  On the wave o' troublit rest?

Mither's bosom is thy pillow ; —
  Win' ne'er wafted safter down ;
Mither's heart-beat is the billow,
  That still lifts thee up an' down.

Here at anchor thou art ridin' ;
  Far awa' is life's rough sea ;
An' the waves to peace subsidin',
  In lo'e's haven reach na thee.

Mither 'll kiss thy jewelled eyelids,
  Mither 'll kiss the lash-strung tear ;
Dinna open, lo'e, the sky-lids ;.
  Let blue orbs nae mair appear.

There!  Again in sleep he nestles
  Roun' the centre o' my soul ;
Wi' rough seas nae langer wrestles :
  Mither's kiss has made him whole.

## AE MAN BEYONT THAT.

WHY will ye brak my lo'ing heart,
    An' blin' wi' tears my een;
Sae laith wi' the fell foe to part,
    That comes our luve atween?
Oh, raise your loof on high, John,
An' swear before the sky, John,
    To be a man beyont that;
        Beyont that, beyont that,  .
    To be a man beyont that.


Our bairns are unco fair an' sweet,
    Ae blessin' ilka hour;
Why will ye mak them sairly greet,
    An' leave them sorrow's dower?
Oh, break the gallin' chain, John,
An' never drink again, John;
    But be a man beyont that,
        Beyont that, beyont that,
    But be a man beyont that.


There's sin an' wae within the cup,
    Although it sparkle bright,
Oh, never, never tak it up,
    Nor bask ye in its light.

But dash the thing away, John,
An' tak the pledge for·aye, John,
  An' be a man beyont that,
    Beyont that, beyont that,
  An' be a•man beyont that.


An' bring nae drap into the house,
  Nae mair wi' cronies gang,
Down to the dram-shop to carouse,
  An' sing the drunken sang.
But stan' upon your feet, John ;
Ill powers ye'll sure defeat, John,
  An' be a man beyont that,
    Beyont that, beyont that,
  An' be a man beyont that.


## WAITIN' SUPPER.


Twa barefit bairns are in the door,
  A puss in ilka lap ;
A crawing babie's on the floor,
  Hid in its daddie's cap.


The supper splutters on the fire,
  Some dish of humble` kin',

Waitin' the comin' of the sire,
  Whose footsteps lag behin'.


The mither, in her matron gown,
  Contented, plump, and fair,
Is sittin' by the winnock down,
  Their stockin's to repair.


And aft she lifts her tender e'e,
  Does Johnnie trudge alang?
And aft she stills the younkers' glee,
  Crooning ae lanesome sang.


Gude keep her Johnnie on his way,
  And bring him safely hame :
Sud aught befa' him, wae's the day
  For younkers an' for dame !


## AULD AGE.


THE wee-bit bairn that toddles roun'
  An' catches mony a fa',
Frae his sweet pranks ha's always foun'
  Some ane to min' his ca' ;
But, och, when he's a bairn ance mair
  An' his auld mither dead,

Wha, then, aboon afflictions sair
    Will help him haud his head?

When ill he bears the weight o' years,
    An' life is on its wane,
A prey to mony cares and fears,
    An' wrought wi' mony a pain,
Wha 'll win' her fingers in his hair,
    Those locks a' siller white?
Wha 'll kiss wi' luve his haffęts bare,
    An' ca' him her delight?

He'll crouch a' day beside the door,
    Sae desolate an lane,
His bleerit een upon the floor,
    His clutch upon his cane ;
An' aft will drap the saut, saut tear,
    An' trickle slowly down ;
An' frae his shattered hulk ye'll hear
    Ae melancholy soun'.

But she wha lo'ed him when a child,
    An' staunched his ilka tear,
Wi' nursery sangs his waes beguiled,
    Till smiles did reappear,
Lang syne has gaun to holy rest
    Wi' blessings on her head ;

Nae mair she'll haud him to her breast,
    Nor lay him aff to bed.

Auld man, ye maun nae greet sae sair;
    Tak' heart; ye're gangin' hame;
Ye'll ha'e gude care forevermair,
    If ye but rax the same;
An' your Redeemer's unco near,
    An' kens your frailties weel;
Ye downa gang where He'll not hear,
    Nor urge what He'll not feel.

## THE GUDEWIFE.

THERE's ane gudewife in a' the lan';
    Her praise the bard wad utter:
A' things she hauds wi' tentfu' han';
There's ane gudewife in a' the lan',
    An' ilk man thinks he's got her.

There's ane gudewife in a' the lan';
    The lave may fret and sputter;
She greets wi' smiles her comin' man:
There's ane gudewife in a' the lan',
    An' ilk man thinks he's got her.

There's ane gudewife in a' the lan';
    In stane, ye artists, cut her;
Skilfu' to sew, and knit, and plan;
There's ane gudewife in a' the lan',
    An' ilk man thinks he's got her.

There's ane gudewife in a' the lan';
    She makes baith bread an' butter;
She's keystane i' the human span;
There's ane gudewife in a' the lan',
    An' ilk man thinks he's got her.

There's ane gudewife in a' the lan';
    Why sud Sir Adam mutter?
'Tis just as 'twas in Eden's plan;
There's ane gudewife in a' the lan',
    An' ilk man thinks he's got her.

There's ane gudewife in a' the lan';
    There is nae ither but her;
She bears her Maker's perfect bran':
There's ane gudewife in a' the lan',
    An' ilk man thinks he's got her.

## ITHER DAYS.

Oh, Mary, min' thee o' the days,
    When, like the prattlin' burn
That 'mang the simmer claver plays,
We linked at will through woodlan' ways,
    Ae kiss at ilka turn.

Meikle of luve was i' thine e'e,
    Though scantie were thy words;
Thy leuks fu' weel contented me,
Syne it was nae saif task to see
    Thy heart louped like a bird's.

Beneath a simple hat of straw,
    Wi' luve-knots on the side,
I keeked, wi' ill-concealit awe,
Distraught wi' joy, as fancy saw
    My manhood's cannie bride.

We climbed upon an auld gray stane,
    Within the burly brook;
O' troutin' I wad soon ha'e nane,
For it 'gan be to me owre plain
    I did na min' my hook.

I spied twa little hingin' feet
    Aboon the burnie's lap,
That seemed to peek into the weet,
Like twa gray mice wi' noses neat,
    Reachin' to tak a drap.*


We'd ta'en wi' us a fav'rite beuk,
    " The Cricket on the Hearth ; "
Nor laith was I on it to leuk,
An' ferret frae some covert neuk,           •
    Suthin' to wake our mirth.


But, tender, tender tear in lieu
    Came tricklin' frae our een,
Sae there we leuked the *carol* through,
An' thought the story weel nigh true,
    O' us oversel's, I ween.


Oh, saft upon my rough, rough cheek
    Lay that sweet cheek of thine ;
An' mony a word thy een did speak,
Those happy een, sae blue and meek,
    To answerin' words i' mine.

    * Her feet beneath her petticoat
      Like little mice stole in and out,
        As if they feared the light.
                  SIR JOHN SUCKLING.
   5

Those ither days, those ither days,
 O' early luve the seal;
Nae lays o' mine can suit their praise,
But sud God gie us *ither days*,
 We'se luve ilk ither weel.

---

## MY AIN GUDEWIFE.

My ain gudewife, saft hair o' brown
Still shades thy brow, thy beauty's crown!
An' faulds luxuriant, silken, fa',
Whene'er unbound, it tumbles a';
Though siller threads ha'e, here and there,
Been woven 'neath by wark an' care.

My ain gudewife, thy gentle e'e
Still smilin' glints to welcome me;
An', as lang syne, love's dew somehow
Still gathers on thy red-ripe mou':
Scarce aulder, but yet sweeter far
Than when we trysted 'neath love's star.

Five bairnies we ha'e ca'd our own;
The fourth has frae our nestie flown!
Like plants aroun' us, strang and ta',
Are three, wha answer to our ca';

While Edie wee, last o' the crowd,
Comes wi' blue een, and hair o' gowd.


We've foun' leal frien's ; the fause are gaun ;
Steadfast ha'e kept life's journey on ;
Now shadowed in the vale, and now
Upon the mountain's sun-lit brow :
O' ills and joys ha'e had fu' share ;
They've made us lo'e ilk ither mair.


Some day — God grant it come fu' late ! —
We'se part, at yonder e'enen gate !
Some day will lay on ane's sad breast
The ither's head, i' sweet, sweet rest !
An' ane, bereft, alane will gang,
Until we meet the blest amang.


Some day !   God grant before it dawn
Their loins weel-girt, their sandals on,
We see our bairnies, staff in han',
Wi' faces tow'rd the better lan',
While angels roun' their pathway keep ;
An' then content we'se fa' asleep.

## THE BABIE.*

Nae shoon to hide her tiny taes,
    Nae stockin' on her feet;
Her supple ankles white as snaw,
    Or early blossoms sweet.

Her simple dress o' sprinkled pink,
    Her double, dimplit chin,
Her puckered lips, and baumy mou',
    With na ane tooth within.

Her een sae like her mither's een,
    Twa gentle, liquid things;
Her face is like an angel's face:
    We're glad she has nae wings.

She is the buddin' o' our luve,
    A giftie God gied us:
We maun na luve the gift owre weel;
    'Twad be nae blessin' thus.

* In the copy of sheet music published by Ditson & Co., this stanza is introduced as a chorus: —

    Bonnie babie, clean and sweet,
    Now ye craw, and now ye greet.
    Nane but God can ever see
    What ye are to wife and me.

We still maun lo'e the Giver mair,
　　An' see Him in the given ;
An' sae she'll lead us up to Him,
　　Our babie straight frae Heaven.

———◦◦———

## THE LITTLE MITHER.

Wi' een o' blue, an' hair o' gowd,
Wi' chiselled chin, an' angel-browed,
Ae little mither warks her way
Frae room to room the livelang day.

O' bairnies she's her apron fu' —
Daddies and mithers, babies too,
Frae unclad ane to weel-dressed man,
Frae ane inch lang to twice ae span.

She gi'es them drink, she gi'es them food,
Sae tentfu' o' the little brood ;
An' mither-like, when she's awa',
She thinks she hears her bairnies ca'.

She hushes them at e'enen prayers,
An' ilk ane for its couch prepares ;
Nor will she put them aff to bed
Until they all *their* prayers ha'e said.

Ane half sae weel sud she but do,
When she becomes a mither true,
Her bairns, brought up wi' mither art,
Frae the gude way will ne'er depart.

O ye wi' lengthened trains an' purses,
Wha gi'e your bairns to pagan nurses,
Nae pattern tak' of ane anither,
But learn ye o' the little mither.

---

## LEARNIN' TO GANG.

BABIE maun ha'e done wi' creepin';
   She maun learn to gang;
There's nae harvest worth the reapin',
   Gowden fields amang,
There's nae treasure worth the keepin',
   . Without tuggin' lang.

On her tiny footie stan' her,
   On her limber lim';
Face about! you maun comman' her,
   Never min' her whim!
You'll misgive you, if you scan her,
   Tott'rin' on the brim.

There she toddles, haltin', droopin',
 Just about to fa';
Mither hauds her, downward stoopin',
 Rinnin' to her ca':
Daddie stan's there, becknin', whoopin';
 Boist'rous are they a'.


Now, at last, the trip's completed,
 Wi' its storms and calms;
In her daddie's lap she's seated,
 Nestlin' in his arms;
Wi' a hundred kisses greeted,
 Brow, and cheeks, and palms.


Back and forth, between them headin',
 Like a freighted craft,
Colors flyin', arms outspreadin',
 How at her they laughed!
Saft, as though on thistles treadin'—
 You'd ha'e thought them daft.


You'd ha'e thought them addle-headed,
 Cheeks a' red wi' flame;
Ne'er sic joys had they twa wedded,
 Since the toddler came;
While, like shuttle wi' love threaded,
 Babie made them game.

## THE CHRIST'NIN' O' THE BABIE.

In her robe o' driven snaw,
Meekly wond'ring at it a',
Man and gudewife babie bring
To the kirk for christening.

Clad sae fair frae head to feet,
Never seemed she half sae sweet;
Wi' twa een sae deep an' blue,
Like twa pansies wet wi' dew.

Is her mither ony proud
Of her wavy hair o' gowd?
Proud is she o' broidered dress,
That she faulds i' half distress?

Will she greet, or will she craw?
Sic a crowd she never saw;
As they to the altar come,
'Mang the bairns, there is a hum.

When the pond'rous organ soun's,
This her little heart confoun's;
Mither catches quick her han',
An' she seems to understan'.

"Just lay your loof in mine."

When on God the pastor ca's,
When the drippin' water fa's,
Tremblin' is her little mou';
Will she greet or will she coo?

She but droops, her face to hide
Daddie's shelterin' neck beside,
Like some tiny buddin' flower
From beneath a mornin's shower.

---

## JEAN ANDERSON, MY JOY.

JEAN ANDERSON, my joy, Jean,
   Just lay your loof in mine,
An' let us talk thegither
   O' days of auld lang syne.
The sun is wearin' low, Jean,
   An' death is drawin' near;
'Tis growin' hard for baith to see,
   'Tis growin' hard to hear.

Jean Anderson, my joy, Jean,
   I kenn'd ye lang ago,
When ye were but a wee thing,
   That toddlin' roun' did go;

An' I was but a child, Jean,
   A boastfu' boist'rous boy,
That pulled ye in his wooden cart,
   Jean Anderson, my joy.

Jean Anderson, my joy, Jean,
   I comp'nied ye to school;
Your basket hung between us,
   To keep the gowden rule:
An', hameward when we strolled, Jean,
   It was a joy fu' sweet
For us to gang our lane. and pluck
   Spring violets at our feet.

Jean Anderson, my joy, Jean,
   When first we twa were wed
Your cheeks were like the blush-rose,
   As dewy and as red;
Your e'en were like the sky, Jean,
   As gentle and as blue;
An' oh, your trustfu', wifely touch,
   It thrilled me through and through.

Jean Anderson, my joy, Jean,
   Ye've been my anely lo'e;
I lo'ed ye in your bairnheid;
   I've lo'ed ye steadfast through;

I lo'ed your girlhood curls, Jean;
  I lo'e the locks of snaw
That Time has drifted on your head,
  An' spring will never thaw.

Jean Anderson, my joy, Jean,
  Our bairns, they too are grown;
An' roun' the cheerfu' ingle
  Have wee things o' their own:
Three lives I think we've lived, Jean,
  Since we were girl and boy —
Our ain, our bairnies', and *their* bairns' —
  Jean Anderson, my joy.

Jean Anderson, my joy, Jean,
  There is ane life beyon',
An', though I'm dull o' hearin',
  I seem to catch its soun';
An' through the mist I see, Jean,
  Heights o' that gowden lan',
Up which we baith shall mount to God,
  Led by his lo'in' han'.

Jean Anderson, my joy, Jean,
  It makes cauld bluid leap warm,
To think *that* Hame we're nearin',
  Beyon' Life's beatin' storm;

To think that there at last, Jean,
    We'll lean upon His breast,
Who gathers wearie, waitin' anes,
    An' gi'es them His ain Rest.

———◆———

## BABIE'S FIRST SHOON.

THOSE pink taes, oh, wha wad hide?
Wha wad ha'e those ankles tied?
Captives held in ilka shoe,
What wad little toddler do?
Is he man, or is he brute,
That wad cramp ilk dimplit foot,
Clean an' white as snaw or milk,
Saft to touch as ony silk?

But the thing, it maun be done!
Barefit she na mair may run!
Pair o' blue, or pair o' pink?
Gowd wad suit her weel, I think:
Blue to match her een we seek,
Pink to match her lip an' cheek:
Yes, she needs anither pair,
Gowden, like her gowden hair!

Shoon for babie we ha'e bought,
Not without the after-thought,
Now she's clad frae top to tae,
Wha will tell where she may gae?
Soon she'll slip frae daddie's knees,
Soon she'll toddle where she please,
Nor will deign to ask us soon
To select a pair o' shoon.

Little lassies, could they last!
Little feet, they grow sae fast!
Wad there were some rigid laws,
That sud gar our wee-things pause,
When they are sae limp and sweet,
When they ha'e sic supple feet;
Wad we could some art devise,
Haud them i' their ankle-ties!

# THE SCOTCH ELDER'S SUNDAY RIDE.

79

TO

MY NOBLE FRIEND AND PARISHIONER,

GENERAL GEORGE W. BALLOCH,

THIS "OWER TRUE TALE"

*IS AFFECTIONATELY INSCRIBED.*

80

# THE SCOTCH ELDER'S SUNDAY RIDE.

"Oh, rough, rude, ready-witted Rankin,
  The wale o' cocks for fun an' drinkin',
There's mony godly folks are thinkin'
    Your dreams and tricks
Will send you, Korah-like, a-sinkin'
    Straight to Auld Nick's.

"Ye ha'e sae mony cracks and cants,
  An' in your wicked, drunken rants
Ye mak a devil o' the saunts,
    An' fi' them fou';
An' then, their failin's, flaws, and wants
    Are a' seen through." — BURNS.

Mine is nae rhyme o' Tam O'Shanter
A streakin' hameward on wild canter;
His mear red-wud frae clutchin' witches,
An' loupin' over brigs and ditches,
Tempestuous weather roun' him howlin',
His gudewife by the ingle scowlin';
Nor yet the ride o' Johnnie Gilpin,
Wi' dogs and boys ahint him yelpin',
While quick before, the folk a' scatter
Ilk speirin' ilk, What is the matter?

6                            81

Alarm at length turned into laughter,
To see the postboy thund'ring after,
With ither steed down on him bearin',
An' mair John's luckless courser scarin'.
Mine is the tale of a Scotch Elder
An' his mear Kate, — a tether held her, —
That by his side, on thistles feedin',
Was weel content, while he was readin', —
Nane o' that stuff o' Watts's scribblin',
The sacred text by art enfeeblin', —
But the strang words o' auld King David,
Frae carnal desecration savëd ;
A-takin' thus his Sunday noonin',
On what he read pond'rin' and croonin',
Alike himsel' and beastie treatin',
Ere ither folk might come to meetin'.

An Ayrshire worthy, ycleped Rankin,
Wham Burns has chid for fun an' drinkin',
Altho' 'twad tak a shrewd an' wise man,
O' thae same fau'ts to clear th' exciseman,
An' 'tis ower plain, beneath the chidin',
A smile complacent there was hidin' !
This Elder on the common spied he,
An' eager for his prey lang eyed he,
Like drownin' wretch, within a-clutchin',      ʻ
To fix some stain on his escutcheon.

For aft the Elder had reproved him,
Until he — weel, he never loved him —
Takin' reproof in sic high dudgeon
As though he struck him wi' a bludgeon,
An' not at a', as though 'twere unction
Poured on his pate i' holy function.

Just then there was a contest wagin
The country through, like wildfire ragin',
Between the auld light and the newer;
An' men o' sense grew few and fewer,
An' baith lights seemed to burn the bluer,
While a' the talkers talked the louder,
An' a' the proud anes grew the prouder,
Till it was hard wark to discover
Auld light or new, when a' was over.

Weel, while the Elder's mear was feedin',
Her maister, half unconscious, leadin',
Said Rankin joined the Sunday party,
Gie'in' the Elder greetin' hearty:
" An' wad ye help a fellow-sinner,
Wha reads o' heav'n, and wants to win there?
Here is thing dark; wad ye unlock it?"
Takin' his Bible frae his pocket.
The Elder paused, nae little flattered,
His wa's o' prejudice down battered,

Weel pleased could he convert his neebor
On him to gi'e this Sunday labor.
An' sae they talked, and still kept talkin',
The mear ahint them nibblin', walkin'.
The thing *was* dark, but still grew clearer ;
Nae parson ever had sic hearer :
The rain frae cloud at last outburstin',
As though on lan's lang parched and thirstin' :
Silenced, convinced at last, he listened,
An' in his een the tear-drap glistened.

While they were thus bent on ilk ither,
The folk to kirk had come thegither :
Parson was deep within his sermon,
Discoursin' on The Dews o' Hermon,
Aloft on wings o' fancy soarin',
Or luckless ancient sinners scorin',
His brither Elders, head-drooped, snorin'.

At length, o' abstract thought grown wearie,
A drap o' suthin' wad be cheerie !
They felt, they leuked, they thought, they said it ;
'Twas Rankin first, to his discredit !
Wee drap he had, they twa maun tak' it ;
He'd haud it to the light, and shak' it. —
It was nae faut sic as we mak' it !
They did not hedge themsel's wi' pledges,
To keep frae slippin' aff the edges ;

Maist prudent souls, and e'en kirk members,
Wad aften toddle on their timbers ;
But, frae their cups they restit one day,
Nor ever wad be drunk on Sunday. —
Wee drap he had, and out he brought it
Frae his deep pouch, wherein he sought it.
The Elder scanned the movin' creature,
An' I maun add, he lo'ed ilk feature !
She seemed e'en fairer, then, on Sunday,
Than he had ever kenned her Monday ;
An' sae his will had a' surrendered,
Before the bottle had been tendered.


　　They teuk ane drap, and found it smoothin' ;
They teuk ane mair — 'twas saft and soothin' ;
An' as they drank, ilk saw the better,
An' Rankin owned himsel' a debtor.
The Elder thought — he grew light-hearted —·
His necbor was weel nigh converted.
Sae, havin' finished that ane bottle,
Anither ane they quickly throttle :
For Rankin, on to vengeance goaded,
Had to the field come double-loaded ;
An' now frae out his breast-coat linin'
Drew forth anither tempter shinin',
Till 'cross the Elder flashed a glimmer,
Like the first swallow o' a simmer,

Himsel' dead-drunk he had been drinkin',
An' fast into a quagmire sinkin'.
" Light bless my een ! What does confuse me?
It canna be that I am boosy !
I thought I was a soul convertin';
I've tint my ain, I'm weel nigh certain !
To baith the kirk, as weel as session,
I'll ha'e to mak' a fu' confession ; "
An' yieldin', then, to growin' stupor,
" I'm drunk," he groaned, " as ony trooper."

Not then at loss was neebor Rankin,
His restless een wi' mischief blinkin',
An' now put up to his best mettle,
By ane bauld stroke, auld scores to settle ;
An' thus discoursed he to the Elder,
As bringin' up the mear, he held her :
" Braw Kate," he said, " is staid and steady,
Nor ever frolicsome or heady ;
Gin I upon her back can mount you,
Just safe at hame I shall account you.
Sic trustie beast, ha'e she but man on,
Will carry straight as ball frae cannon.
Sae be not now disturbed or troubled."
Wi' this, the Elder up he doubled,
An' by main strength, set him astraddle
The mear, upon his weel-worn saddle.

Then, 'neath her tail a loyal thistle
He slyly tucked, and gied a whistle!

Down drapped her ears, aff she was spinnin',
As though she fled frae Sunday sinnin';
Down drapped her ears, the thistle spurrin';
Houses and woods apast were whirrin';
The Elder's head was in sic muddle,
That he could shun nor ditch nor puddle;
Nor in himsel' was he conceited
That he could haud where he was seated.
But hameward thunderin' and splashin',
Kate teuk him at a rate maist dashin';
His heid fell aff in ilk direction,
Like some poor gobbler's, wi' his neck wrung;
The mair her bridle-rein he tightened,
The mair mad Kate was sairly frightened.

It strangely turned, beyont prevision,
To bring guid folks into derision,
That, past the kirk as they went sailin',
The people frae the porch were skailin';
The parson grave, and solemn session,
A-bringin' up the lang procession;
Just as they came frae service solemn,
Gudemen an' gudewives in ane column;
The laddies wi' the lassies blinkin',
Now edgin' up, now backward shrinkin' ·

Standin' for a few words o' partin',
Before they a' were hameward startin';
Just as they came frae psalm completed,
By this mad apparition greeted!

    They kenned the mear, they kenned the **rider,**
Not some wild ane, a bauld outsider,
But the staid man, wha in Scotch bonnet
Passed them the plate, wi' what was on it.
Nae language that the muse can borrow
Can right portray their speechless horror —
Can right portray the wicked scandal,
Nor how the warld the thing did handle;
It wad nae mair ha'e raised their wonder,
As he drove by wi' splash and thunder,
Had he been some auld risen Norseman,
Or had he been a headless horseman,
Or had he been a sheeted spectre!
An' Kate, some imp seemed to infect her;
For, huggin' close her fierce tormentor,
The beastie tremblit to her centre;
Wi' een o' flame, nostrils dilated,
She neither fear nor speed abated.
An' what was waur, aroun' her gathered
The hale horse-tribe that fed untethered;
The lang-tails, bob-tails, wi' mane streamin',
A-limpin', loupin'. een a gleamin',

Ilk colt an' mear, an' unused stallion,
Went plungin' on in lang battalion,
Behin' her in rude order fallin',
An' thundrin' past, a host appallin'!
On, on they went, as though foe chargin',
Or like the swine down the lake's margin!
How far they'd gone — I've thought upon it,
An' by my gran'sire's auld Scotch bonnet,
To calculate I've not been able ; —
When hove in sight braw Katie's stable,
Where she had aften fand protection,
An' had of oats sweet recollection ;
Though now, I'm sure, sic imp was in her,
She had nae thought o' comin' dinner :
To reach this goal her neck outstretchin',
An' o' relief a sigh forth-fetchin',
She put new length into her movement !
The Elder fand it nae improvement ;
But he nae langer made resistance,
An' sae quick dune was a' the distance ;
But there she stopped !  Like blow it felled her ;
An' on the midden shot the Elder !

An' here the Muse maun drap the curtain,
In this alane weel fixed and certain :
They gar'd the Elder mak' confession
Before the kirk, as weel as session ;

Fathomed the trick whilk had been played him,
The creature-weakness that betrayed him ;
An' on a Sunday, kindly hinted
That to himsel' he sud be stinted,
Nor undertake some wily pagan
To leave him headlang thrawn like Dagon.
Ane soul outspake, maist unforgivin' :
"Sic saunts as that he'd ne'er believe in,
Whether they might be dead or livin'!"
"Ah weel! but you maun just remember
That men maun build o' their best timber!"
Replied the parson, bland and knowin',
"Where ha'e *we* better, cut or growin'?"

---

## NAE GUDEWIFE.

An' sae ye want nae gudewife
    To bide for you at hame,
To keep a' snug an' warm your nest,
    An' feed the blinkin' flame ;
        The blinkin' flame that plays
In een o' your ain gudewife,
        That chides your lang delays.


An' sae ye want nae gudewife,
    Wi' daintie han' an' fit ;

An' voice sae like ae weddin'-bell,
  Wi' mony tunes in it;
    Wi' changes a' day lang,
Rung by your ain gudewife,
    Her housewife wark amang.


An' sae ye want nae gudewife
  To bustle brisklie roun',
Agenst she hears her gudeman's fit,
  A-comin' frae the town;
    A-comin' cauld or wet,
Where by the fire his gudewife
    The braid-backed chair has set.


An' sae ye want nae gudewife
  Wi' twinklin' een to wait,
Wi' red-ripe kisses on her mou',
  To greet you at the gate:
    To greet wi' upturned face
The gudeman, his ain gudewife,
    Sae fu' o' wifely grace.


An' sae ye want nae gudewife,
  To spread the claith o' snaw,
An' set the toast and butter on,
  An' put the tea to draw:
    To draw, and mak' the room,

Where is your ain gudewife,
    Fragrant wi' its perfume?

An' sae ye want nae gudewife!
    Weel live your lane and dee!
But just drap in and see the board
    My gudewife spreads to me;
      To me, while ye are glum,
Because ye ha'e nae gudewife,
      An' can na get a crumb.

---

## MIRK MONDAY.

DRIVE the mirk frae aff thy braw:
    What's the guid o' scowlin'?
Though the airs are fu' o' snaw,
    An' the win's o' howlin',
What's the guid o' lookin' blue?
You and I shall stacher through.

Drive the mirk frae aff thy braw;
    Show a gleam of simmer:
There's nae day without its flaw;
    Glow'rin' mak's it dimmer.
What's the gude o' lookin' blue?
You and I shall stacher through.

Drive the mirk frae aff thy braw ;
   Let us ha'e clear shinin' ;
Let the 'croakin' corbies caw ;
   We'll ha'e nane o' whinin'.
What's the guid o' lookin' blue?
You and I shall stacher through.

Drive the mirk frae aff thy braw ;
   That'll clear the weather :
Then let a' the rough airs blaw :
   We are safe thegither.
What's the guid o' lookin' blue?
You and I shall stacher through.

## HEID O' THE HOUSE.

A PRIEST was through his parish one day walkin' :
  I'm wrang ; 'twas naethin' but a minister :
    'Twas in the heather lan', the lan' o' cakes,
    An' na the lan' o' bogs an' wakes ;
  When, lo ! sic rumblin' mutters sinister,
Sic thunder-peals, sic boist'rous talkin',
     Came frae the troublit wame
     O' ane mud-shinglit hame,
That he went to it, quickly stalkin'.

He struck his staff agenst the panel oaken,
　　As though he wad the deid awaken ;
　　　　There was nae lull within, nor sign o' ceasin' ;
　　　　The storm instead went on increasin',
　　Until the very wa's were shaken ;
When on the wooden hinges croakin',
　　　　The door he sturdy turned,
　　　　An' then aghast he learned
What bogles were this gale provokin'.


He fand the laird an' mistress hetly clashin' ;
　　They were, indeed, twa chiels weel mated ;
　　　　A Scotch-born bonnie lass, and her braw **laddie**,
　　　　That held, that day, fu' high the heidie,
　　Frae whilk their wedded bliss they dated :
But now wi' tongue ilk ither fashin',
　　　　Like cats wi' wrath fu' black,
　　　　Forth spittin' fire and back,
An' chattels at ilk ither dashin'.


Nonplussed, he wad the field speedy ha'e **quitted**,
　　Doubtfu' to gain footin' or hearin' ;
　　　　But they, likewise, aghast at him, were **waitin'**
　　　　For breath, to gi'e their cause a statin',
　　The guid man's admonition fearin' :
When, like a flash, bein' Scotch-witted,

The situation takin',
An' awkward silence breakin',
To speak, his overhingin' braw he knitted.


But, first, he leuked frae ane untill the ither,
  Baith mickle-blawn, red-cheeked, an' heated,
    Wi' towseled heids, flame-red, an' een a-flashin',
    Just as they were, when they were clashin', —
  They'd just withdrawn, the battle half completed;
    An' then he said, half jestin', —
    Few words it was compressed in, —
" Whilk man's heid o' the house, my brither?"


The man, as blunt as he, an' sae high-mettled,
  Sic undecided battle wagin',
    Had surely been or mair or less than human,
    Thus held at bay by mortal woman,
  Had he nae war within him ragin'.
The guid man's wit him further nettled:
    Sae back he hetly stated:
    " The very thing debated;
Just tak' a seat until 'tis settled!"

## DROUKIT DAFT.

I'm droukit daft wi' mither-joy,
    Licht-heartit an' licht-heided ;
I'm droukit daft wi' my ain boy,
    To him I am sae wedded.
A' day an' night upon my heart
    A burden sweet I hauld him ;
Waukin' or sleepin' I've the art
    Still close to me to fauld him.

I'm droukit daft wi' my ain boy,
    Wi' ower delight I'm droukit ;
Sae like a bairn, wi' some fresh toy,
    I kenna how to bruik it.
Or, like a pansie fu' o' dew,
    Wi' God's ain sun downshinin' ;
A tremblin' wi' its e'e o' blue,
    Its wat-drenched heid inclinin'.

Ithers may i' their fashion whirl,
    Their achin' hearts disguisin',
An' gi'e them to the empty warl,
    Sic mither-life despisin' :

Trippin' till morn, wi' daintie feet
 Encased in snawy satin ;
My fit obeys his ca' sae sweet,
 Frae matin unto matin.


Some folk gae daft frae growin' rich,
 An' some gae daft frae drinkin',
An' some lo'e buiks to sic a pitch,
 That they gae daft frae thinkin' ;
But I'm gaun daft frae very bliss ;
 I'm fu' o' inward laughter ;
It bubbles up in ilka kiss,
 Whilk only makes me dafter.


I'm fu' o' sangs as are the birds,
 As lambies fu' o' frolic ;
I'm ne'er at loss for playfu' words,
 Nor ever melancholic ;
I'm droukit daft wi' mither-joy,
 As frae deep fountain wellin' ;
I'm droukit daft wi' my ain boy,
 A' day upon him dwellin'.


I never kenned what God had dune
 When he sent Andyr to me ;

7

It set my life to sic a tune!
  What if it sud undo me?
What if, for very joy I dee,
  An' leave him to anither?
Ah! that wad never do for me;
  I maun be still his mither!

———

## SKAILIN' FORTH FRAE KIRK.

I LO'E to mark the guidfolk
  A-skailin' forth frae kirk;
Accoutred i' their haimilt claith,
  Weel kept frae wear an' wark:
I lo'e to mark their rev'rent ways;
The lingerin' leuk of awe an' praise.

There comes a group o' bairnies,
  Sae gran' i' tartan drest;
Meikle o' wisdom i' their heids,
  Their twinklin' mirth supprest:
Nae wantonness, nae idle play,
Sae douce upon Gude's halie day.

The laddies wi' the lasses,
  I' pairs, thegither cleek;

" The laddies wi' the lasses
I' pairs thegither cleek."

I lo'e to mark luve's simmer rose
  Half blawn on maiden cheek ;
I lo'e to hark ilk falt'rin' word,
Sae timid spak, sae eager heard.

I lo'e to mark the auld folk,
  Their haffets crowned wi' snaw,
Ilk claspin' ithers runklit han's,
  Sae lo'in' still withdraw :
Their honored heids a' downward bowed,
Like harvest grain i' shooks of gowd.

Some loiter I' the kirk-yard,
  Whare mony an achin' heid
Lies hid beneath the sweet, sweet clods :
  The late, the lang-syne deid ;
The path their faithers a' ha'e trod
To rax the upper House o' God.

They stap i' yonder hamlet,
  They loup across the burn :
Hame through, they a' sae doucely gae ;
  A' lost to sight by turn.
The kirk stan's lane, an' wholly gaun
The halesome pageant we leuked on.

## ILK NIGHT AT MITHER'S KNEE.

Ha'e you forgot, now we ha'e bairns,
　　When you an' I were lass an' lad,
　　How, i' our snawy night-dress clad,
　　　　We knelt ilk night at mither's knee?

We tauld her a' our bairnheid fauts,
　　An' then she faulded ilk plump palm,
　　An' as we prayed, like Sabbath calm
　　　　It seemed to kneel at mither's knee

Ha'e you forgot, though lang ago,
　　Her han' sae sweet on ilka heid?
　　What wad we gi'e, when our hearts bleed,
　　　　To kneel agen at mither's knee?

I kenna what the warld may ha'e,
　　What halie spots my fit may climb;
　　I doubt if ane be mair sublime
　　　　Than that, ilk night, at mither's knee.

Among the bluid-bought anes aboon,
　　When you an' I, at last, shall stan',
　　'Twill be because o' that sweet han',
　　　　Ilk night we knelt at mither's knee.

" Clover-breathin', humane cows
Stan' beneath the apple-boughs."

## WIMPLIN' BURNIE.

Wimplin' burnie, whither awa',
Through the wood, an' doun the fa',
Black wi' shade, an' white wi' faem,
Whither awa' sae fast frae hame?

Wood-birds on thy sparklin' brink
Dip their bills, an' thankfu' blink,
Mak' the forest-arches thrill
Wi' their warblin' sang an' trill.

Where thy stanes are green wi' moss,
Barefit bairnies wade across, —
Thrustin' i' 'ilk covert neuk,
Writhin' worm on treach'rous hook.

Clover-breathin' humane cows,
Stan' beneath the apple-boughs,
Lash their tails and chew their cud,
Knee-deep in thy coolin' flood.

Thou art glidin' smooth an' meek,
While craigs lie upon thy cheek;
Through the simmer an' the glow,
'Neath the winter an' the snow.

What's thy life, I dinna ken!
But thou art to earth an' men,
That Gude gi'es, the richest gift,
Frae His hame within the lift.

---

## EFTER THE MILKERS.

EFTER the milkers, the fu'-uddered kye,
Wi' red on her mou' and lo'e i' her eye,
Efter the milkers she gaed wi' a sang,
A callin', a callin', an' dreamin' alang:
  "Coom hame! coom hame!"
Efter the milkers she gaed.

Efter the milkers she wrang strayed afar;
Doon gaed the sun, out-glinted a star;
Out-glinted a sternie, a' tremblin' an' lane;
An' she ca'd, an' she ca'd for the milkers in vain:
  "Coom hame! coom hame!"
Efter the milkers she gaed.

The echoes were busy, the echoes are still;
Somewhere the lost milkers ha'e eaten their fill;
A kiss on the mou' has silenced the maid,
Efter the milkers a callin' that gaed:

"Coom hame! coom hame!"
Efter the milkers she gaed.

Doun came the milkers, the fu'-uddered kine,
A looin', a looin', i' lang, stragglin' line;
A looin', a looin' for sight o' the maid,
Efter the milkers a callin' that gaed,
"Coom hame! coom hame!"
Efter the milkers she gaed.

## O' MY GUIDMAN.

BLYTHE-BID me o' my guidman,
Wha drie's the pleugh at dawn,
Behin' the great-e'ed beastie's feet,
Wat-beaded frae the lawn;
Wi' luve-glint in his manly e'en,
And sunburn on his cheek,
Blythe-bid me o' my guidman;
His match ye need na seek.

Blythe-bid me o' my guidman,
Wha came ane simmer morn,
When hinnied claver was i' blume,
An' tasseled out the corn;

Wha came and teuk me by the han',
  An' pledged that he wad be,
Come weel, come wae, alang life's road,
  A guidman unto me.


Blythe-bid me o' my guidman ;
  Nae breedin' high had he ;
His mind's nae stored frae classic beuks,
  An' schules o' high degree ;
He's walked wi' Gude beneath the lift,
  An' owre his fields o' green :
Rare lessons read in water-rins,
  An' i' the heights serene.


Blythe-bid me o' my guidman,
  Wha earns our daily bread ;
Wha lifts the bairns upon his lap,
  An' straiks ilk youngster's head.
An' when the gloamin' is abraid,
  Wha bends ilk night the knee,
An' to our Father up aboon,
  Commends our babes an' me.


Blythe-bid me o' my guidman,
  Wha maks life brim wi' joy ;
An' seems to luve me owre agen
  In new-born lass and boy :

Wha i' the darksome day o' dule,
　When heids hang doun wi' grief,
Kens how to soothe me like a bairn,
　Until I find relief.


Blythe-bid me o' my guidman,
　Sud we outli'e fourscore ;
I sud not then half find him out,
　But lo'e him more an' more.
The bloomin' almond on his braw,
　An' his saft, dimmin' e'e,
Still kindlit up wi' early luve,
　Wad pleasure wark in me.


## THE HARVEST LASSIE.


THE lark, a' beadit her fu' breast,
　Went up morn's blue a-singin',
Disturbit wi' a sweet unrest,
　An' doun her warbles flingin' ;
'Twas then an e'eblue lassie first,
　A bright, bewitchin' creature,
The sealit springs o' luve a' burst,
　An' captured my strang nature.

We wrought thegither, lass an' lad,
    Frae morn till sternie e'enen;
She in a haimilt kirtle clad,
    Braid hat her fair braw screenin':
We sat beside the tinklin' fa'
    An' teuk our harvest dinner;
Strange hunger i' my breast did gnaw:
    Wad it were mine to win her!


But, when I held her life-warm han',
    To pluck the cruel nettle, —
I thought mysel' mair o' a man, —
    'Twad a' my nerves unsettle:
Her snawie palm was veined wi' blue,
    Wi' life's strang current beatin';
Her cheeks now gained, now tint their hue,
    In answer to my greetin'.


Aboon the shoone, her feet that boun',
    Her ankle gleamed weel-shapit;
A modest vest her waist was roun',
    To fit her form and keep it.
Her weel-kempt hair wi' ribbon tied,
    Like loosened burnie tumblit,
Frae tap to tae, frae side to side,
    Sae tidy an' unrumplit!

How can I speak o' that luve-glint
  Within her een o' azure ;
That had sae deftly hid within't
  What trilled me through wi' pleasure?
That seemed to win me bauldly on,
  Then awed me till I tremblit?
Doun, doun I sank till hope was gaun,
  An' cauldness I dissemblit.

How can I speak o' hoo it fared,
  The day I tauld lo'e's story?
Wi' that nae bliss can be compared,
  Nae fame can ha'e sic glory.
That night, when a' had left the rig,
  Behin', agreed, we haltit ;
I kenned the time wi' fate was big ;
  To meet it my heart vaultit.

Aboon the hills the harvest-mune
  Her bluid-red disk was showin',
An' peace frae Gude came silent doun,
  Owre a' rapt Nature flowin.
I min' me weel o' that sweet hour
  In whilk behind we lingered,
An' stooped and pluckit mony a flower,
  An' it to pieces fingered.

I min' we weel o' that lang kiss
    Fond lips wi' first luve sealit;
We baith were faint for vera bliss;
    Weak words canna reveal it.
I min' me weel o' that hame-walk:
    Fond fit kept step thegither,
An' tongues, lo'e-loosed, minglit i' talk:
    'Twas a' o' ane anither!


Weel, ere was gaun the harvest-mune
    An' a' the rigs were clearit,
The man o' Gude had made us one;
    The hoo we did na speir it.
We anely kenned ilk was ilk's ai'n,
    Eschewed our fortune single;
Without, I harvest a' the grain,
    She feeds, within, the ingle.

" She feeds, within, the ingle."

## BAIRNS THEGITHER.

WHEN we were bairns thegither,
  My Andyr, you an' I,
The gowden sternies i' the lift
  Were nightly kindlit high ;
We thought they maun be angels' een,
  Blinkin' to bless our sight ;
Or else the crystal winnocks, whence
  Streamit celestial light.


When we were bairns thegither,
  We slept up 'neath the roof,
An' heard the blithesome autumn-rain,
  Wi' mony a thousand hoof ;
Or waked to see the snaw-flakes lie
  On trees an' hills aroun' —
A spectral host, at morn in camp,
  Without a note or soun' !


When we were bairns thegither,
  Wi' pants aboon our knees,
On some rude raft, we paidlit aff,
  As though we sought new seas.

But aft we waded back agen,
　　Drippin' in sorry guise,
An' hameward skulked, twa sadder bairns,
　　But seldom, ah ! mair wise.


When we were bairns thegither,
　　We kenned ilk wimplin' burn ;
We threadit a' the neeb'rin' woods,
　　Our store o' nuts to earn :
We climbit mony a high, high tree,
　　Rattlin' its burden down
Wi' frolic, on the rustlin' leaves,
　　That strewed the stiffened groun'.


When we were bairns thegither,
　　We baith maun gang to kirk,
An' sit and wauk our faither preach,
　　Thou aft our limbs wad irk ;
An' aft wad droop the dowerit heid,
　　An' blink the strainin' een :
Was it sae wrang to nod assent,
　　When sic a wee-bit wean ?


When we were bairns thegither,
　　We thought we wad be great,
An' climb life's steps until we faund
　　High niche i' kirk or state.

But mither, our guid angel then,
 She wha frae evil wooed,
She heard us wi' a mither's leuk,
 An' anely said, *Be guid!*

When we were bairns thegither,
 I led you aften wrang;
Forgi'e me, that my fit should stray
 Forbidden things amang.
But, thanks to our guid mither's luve,
 An' thanks to Gude's kind care,
We did na wander far awa',
 Nor linger lang time there.

———•◦•———

## A GUDEWIFE'S PORTRAIT.

Gudewife sud be always seen
Through the gudeman's partial een;
An' her praises sud be sung
By the gudeman's partial tongue.

Saft those nut-brown locks o' thine,
That on snaw-white temples shine;

Ripplit like the glintin' san',
Where the salt faim dri'es to lan'.


Lo'esome are thy doo-like een,
Whilk thine e'ebraws arch atween ;
E'elids droopin' owre luve-glint,
Frae thine orbs o' hazel tint.


White thy neck, and white thy braw
As the tremblit waterfa' :
Fu' an' roundit is thy throat
As a' bird's swollen wi' note.


Thy twa neebor cheeks are each
Like first blushin' o' the peach :
Lips red-seamed mak' up thy mou',
Hinney-drippin', kindness-fu'.


There's a gentle note of laughter
Whilk thy word goes ripplin' after ;
An' thy breath is like sweet mint,
Of whilk breezes gi'e us hint.


Ithers, blindit, ne'er behold
What the gudeman's tongue has told ;
Aiblins, they've nae gudeman's e'e
A' a gudewife's parts to see.

" Tak' anither turn about."

E'esome still to me art thou,
Frae thy fit unto thy brow,
'Glidin' here, and glidin' there, —
Wi' a' else ayont compare.

----

## TINKLE-SWEETIE.*

TINKLE-SWEETIE! aught-hour bell,
Oot aboon Auld Reekie swell!
Ah, ye kenna what ye do,
Tremblin' wi' yer sweet-tongued mou':
Naught is like yer minstrelsie,
Ringin' Donald oot till me!

Tinkle-Sweetie! up an' doun
Tell thy tale to a' the toun;
Ither wives an' bairnies wait
At the winnock an' the gate:
Tak' anither turn about;
Ring the wearie warkmen out!

Tinkle-Sweetie! work is dune!
Toil may now unbin' his shoone.

---

* The name given by the people of Edinburgh to the bell that rings out from work at night. — JAMIESON.

Han's o' horn an' han's o' soot,
Wearie brain and wearie foot,
Frae the het and frae the grease
Ye ha'e rung them a' release.

Hame wi' us our Donald stays;
Never to the ale-house gaes;
Never braks the country's law;
Free frae shame his manly braw;
Wrestlin' bairnies shin his knee,
An' he maks auld lo'e to me.

Tinkle-Sweetie! soon may Rest
Brood aboon ilk troublit breast;
An' the wings o' gentle Night
Fauld us till the mornin' light;
Gird wi' strength the toiler's han's,
For anither day's deman's.

Tinkle-Sweetie! brief Life's toil,
Brief its sorrows, dule, an' moil;
An' yer sweet tongue seems the sign
O' the day o' life's decline:
Fit at rest, an' fauldit palm,
Taken in till Gude's ain calm!

## AULD TIMBERTAES.

HE stachers a-wee, an' then doun gaes,
Sae limber his limbs, sae timber his taes;
He's up wi' a rush. then spread oot flat,
Like a bairn that walks wi' a brick i' his hat.

Yet naethin he drinks but water or milk;
Na, na, he's na fou', he's na o' that ilk;
An' naethin' he eats but parritch sae hot,
Drappit i' bowl, a' steamin' frae pot.

At the door o' a' herts he's tirlin' the pin,
An we maun just rise, and let the bairn in;
Like the sang o' a bird are his voice an' his feet,
He sets the house gigglin', his laughter's sae sweet.

Ye'd tremble for him, hoo he gangs could ye see,
For mischief itsel' lurks hid i' his e'e;
He's plottin' sae deep ilk day o' his life,
Now after yer thimble, or scissors, or knife.

He's rollin' frae bed, he's tumblin' down stairs,
He's kickin' doun blocks, an' climbin' up chairs;
He loses his balance, gaes down on his heid,
An' lifts up a wail that maks yer hert bleed.

He's laird o' ane house, frae threshold to roof,
O' the joy that is there baith warp an' baith woof;
I dinna recount the hale o' his ways :
He's our ain KENNAWHAT, an' AULD TIMBERTAES.

## THE FIRST SILLER GREY.

I'VE spied ye, strainger, deftly there
Within the depths o' craw-black hair,
An' fear, aiblins, there may be mair,
    Beyont my vision ;
An' sae my min' I maun declare
    Wi' fu' precision.

Ye grisly carl, shrivlit and blighted,
I'm sure ye came quite uninvited :
Awa', awa', I'd not feel slighted,
    On ither heidie,
Frae Age's cloud had ye alighted,
    O' laird or ladie.

I'd na object, ava, to siller,
Were it but coinit into dollar :
I've han' capacious, pocket hollow,
    Secure to hauld it ;

Or, were't a guinea gowden-yellow,
　　Tender I'd fauld it.


O' grey heid I'd na be ashamit;
When Auld Age comes, na ane can blame it;
Frae Scripture I ha'e heard it namit,
　　A heid a' hoary,
If not by wickedness defamit,
　　'S a crawn o' glory!


But ye, yer man ha'e just mistaken;
Some ither ane ye ha'e forsaken,
Some guidman elder, laird, or deacon,
　　Ye ha'e neglectit;
An' ane sae braw and strang ha'e taken,
　　When na expectit.


Sae, though deep doun ye are imbedded,
My way untill ye I ha'e threaded;
An' now, although it maun be dreaded,
　　An' nerve displeases,
Without my scalp ye shall be shredded,
　　An' gi'en to bleezes!

## THE FAR-AWA' LAN'.

Nae ane's wae-worn an' wearie,
Nae ane gangs dark an' drearie,
    I' the Far-Awa' Lan';
Nae frien' frae frien' is parted,
Nae chokin' tear is started,
Nae ane is broken-hearted,
    I' the Far-Awa' Lan'.


Nae bairns greet their deid mither,
Like lammies i' cauld weather,
    I' the Far-awa' Lan';
Nae gudewife there will sicken,
Nae strang man doun be stricken,
Nae sky wi' mirk will thicken,
    I' the Far-Awa' Lan'.


The heights are crawned wi' simmer,
The burns rin glad wi' glimmer,
    I' the Far-Awa' Lan'.
As burds win till their nestie,
As to its dam ilk beastie,
We'll win till Gude's ain breastie,
    I' the Far-Awa' Lan'.

# THE LORD'S DAY E'ENEN AT THE MANSE.

### TO THE MEMORY OF THE LIVING AND THE DEAD.

OH, day of God, upliftit mid man's week,
Oh, loan to man frae God's eternal rest,
I liken thee to some gran', sunlit peak,
Without a cloud, in autumn's glories drest.
How welcome thou, to folk by sin distrest,
Wha gather chastened in their wonted place,
Achin' to lean upon the Maister's breast,
To see their God in His Anointed's face,
To rax' His outstretched han', an tak' His proffered
    grace.

How sweet to them the Sabbath peace profoun',
That falls on hills and nestles in ilk vale !
The freedom frae the week's distractin' soun',
Frae care and toil, ilk day's exactin' tale !
Release frae man's first curse seems to prevail,
His braw nae langer sweats, nor toil his han's ;
The meek, dumb beasts, wi' mony an ache an' ail,
Roam at their will through the wide pasture-lan's ;
e does God's holy day unbin' sin's heavy ban's.

How sweet for them, by Sabbath bell addrest,
To pour frae rose-cling cottage and proud ha',
To come, through all the week sair-worn, unblest,
An' ease their burden at the Saviour's ca'!
The kirk is fu' frae near and far awa';
God's is the only grandeur reignin' there;
Free frae adornment is the simple wa';
Nae frescoed art provokes the smile or stare,
But doucely bow'd, they cast on God their ilka care.


Nor at the threshold wakes the organ gran',
Whase harmony the human spirit thrills,
Touched into life by some quick, maister han',
Till a' the sacred place wi' soun' he fills:
But, wi' saft wings as e'enen dew distils,
While over a' a heavenly silence reigns,
God's grace descends, a cure for man's worst ills;
Descends, a baum for a' his creature-pains,
And e'en life's heavier crosses seem eternal gains.


The day had set, the Pastor's work was done,
He wi' his household clustered i' the door,
The wee-things ready to burst out wi' fun,
Glad that for sax days Sunday comes nae mair.
The gran'sire, snawy frae his maist fourscore,
Wi' her, his lang-lo'ed wife, sat han' in han';
An' ranged aroun', as aft they'd sat before,

Sax bairns, a halesome, strang, united ban',
Frae gigglin' girlhood up to maid, frae boy to man.


The Pastor's work was done, but lingered still
Strange leuk within his een and on his braw;
How vain, he thought, his utterance and skill!
How easy then to see and mark ilk flaw!
His gentle gudewife soon the sadness saw,
And quick her touch upon his shoulder laid,
An' bade him mark, frae sel' aside to draw,
An' o' the shadow on his braw afraid,
How in her lap  their towmond babie leaped and
    played.


An' then she held him up her face aboon,
Wi' mither sport a' beautifu' aglow,
Wi' mither art, began to chaff and croon,
In dialect that babies sae weel know.
How soon they twa the central group did grow,
An' a' the ithers flocked aroun' to hear!
E'en auldest anes, stiff-baned and stoopin' low,
Wi' han' shell-shaped upon the dull-grawn ear,
Draggin' their pond'rous, braid-backed, auld arm-
    chairs, appear.


This lifted aff the warld o' settlin' care,
That weighed sae heavie on the Pastor's heart;

Men's unbelief nae mair was his affair,
Nae langer teuk it in sae serious part.
An' thus brought back to earth, wi' sudden start,
He ca'd the wee-things roun' his study-chair,
Breakin' the livin' bread wi' wisdom's art,
Talkin' of God an' Christ wi' cheerfu' air,
Till he had driven far awa' ilk dark-winged care.


An' then he heard some bairn the verse recite,
Chosen that day.to be the pulpit theme;
While still anither, than the lave mair bright,
Laid bare entire the sermon's simple scheme.
Nor did this talk or dry or irksome seem,
Sic light and lo'e glowed in his tender een;
Nor did he check o' wit the childhood gleam,
Regardin' it with thought mature, serene,
In whilk the father and the pastor baith were seen.


On this, some hymn o' aulden time they sang,
While blendit was the quivering voice o' years
Wi' lispin's frae the youngest o' the thrang,
Sae quick to touch the soul, and melt to tears;
For even sin nae heart o' man sae sears,
That childhood accents downa mak' him weep,
Until the pages o' past life he blears,
As backward mem'ry's wings across it sweep;
Greetin' that as he's sawn, sic hairvest maun he reap.

An' when the hymn had ceased, hushed was ilk
    soun',
An' a' bowed doun i' their encircled place,
Formin' a holy group the altar roun';
Ilk heart was awed, and covered ilka face,
While words o' penitence and wondrous grace
Fell frae the chastened Pastor's tremblin' speech,
Feelin' how swift we run our earthly race,
How soon we pass beyond the Gospel's reach,
An' where nae mair the lips of man the truth can
    teach.


The Pastor first bethought him o' his flock,
The flock that he sae lang had shown the way;
The hearts that heard, but answered not Christ's
    .   knock,
And turned the Lord he preached in grief away.
His mind's e'e kenned them wanderin' astray,
As sheep without a shepherd, wildered, lost;
To them he prayed God wad their sin display;
An' ithers saw shipwrecked and tempest-tost;
To them wad show that 'twas His love their coun-
    sels crossed.


Then for his ain he as a father prays;
For twa, whase heads were white wi' Age's
    snaws,

That God wad crown this winter o' their days,
An' shield them in His arms frae wind that
        blaws;
That mercies sure o' David he wad cause
Upon himsel', his wife, and bairns descend;
That seeking God, and not the world's applause,
By Him directit, e'e on life's great end,
To meet in Heaven aboon their earthly steps might
        tend.

One son, devoted to his father's haly work,
Awa', the learnin' o' the schules to store,
They missed that day within the pew at kirk,
In toils and pastimes missed the week before.
Nor failed that father warmly to implore,
In whilk petition auld an' young had share,
That while thus gleanin' richest human lore,
To ken God's will might be his anely care,
And o' man's so-called wisdom, that he might beware.

The tallest lass, this brither's twin and pride,
Had hameward come but late the night before;
Sedate and wise, she on her weel-paid toil relied,
Teachin' a schule o' urchins fu' twa-score:
A weekly pilgrim to her father's door,
She spent ilk Lord's day at his ingle-side.
Right weel she kenned it was a struggle sore

Her brither's beuks and claethin' to provide ;
For this, fu' glad, she laid her weekly pay aside.


The nestlin' bairns, the e'enen service o'er,
To kiss ilk ane gudenight aroun' were sent,
An' pattered soon upon the chamber floor,
Where nursery sangs and childhood murmurs
      blent ;
Until, at last, their pent-up forces spent,
They lay fast locked in restfu' slumbers sweet,
Forgettin' ilk the strang, determined bent,
In quest of whilk they a' wad guide their feet,
As soon as Monday's dawn their wakin' e'e should
      greet.


Nor this the only house where incense rose ;
God had an altar in ilk happy hame ;
Nor did each different circle seek repose,
Until a gratefu' group.aroun' the same
Kindlit anew the sacrificial flame,
That glows in spirits humble and contrite ;
Chastening the heart to reverential frame,
An' entering thus the portals o' the night,
Thankfu' it was still day in God's clear sight.